鄰座的不良少女
清水同學染黑了頭髮
底花 插畫ハム
Story by Teika Art by Hamu
1
「總、總之臉最後再畫。
我也是有很多考量的。」
清水圭
在學校中倍受畏懼的
不良女高中生。
似乎以某件事為契機，
將金髮染成了黑髮……

「……那個便當送你。」

「喂，愛，妳擅自在說些什麼啦。」
「因為我想和大輝學弟聊聊看嘛。
大輝學弟似乎也有時間，圭也可以吧？」
清水愛
清水圭的姊姊。
是大輝與圭就讀學校的
學生會副會長。
溺愛妹妹圭。

「你覺得如何……本堂？」

鄰座的不良少女
清水同學染黑了頭髮
底花
插畫 ハム
Story by Teika Art by Hamu
1
Kadokawa Fantastic Novels

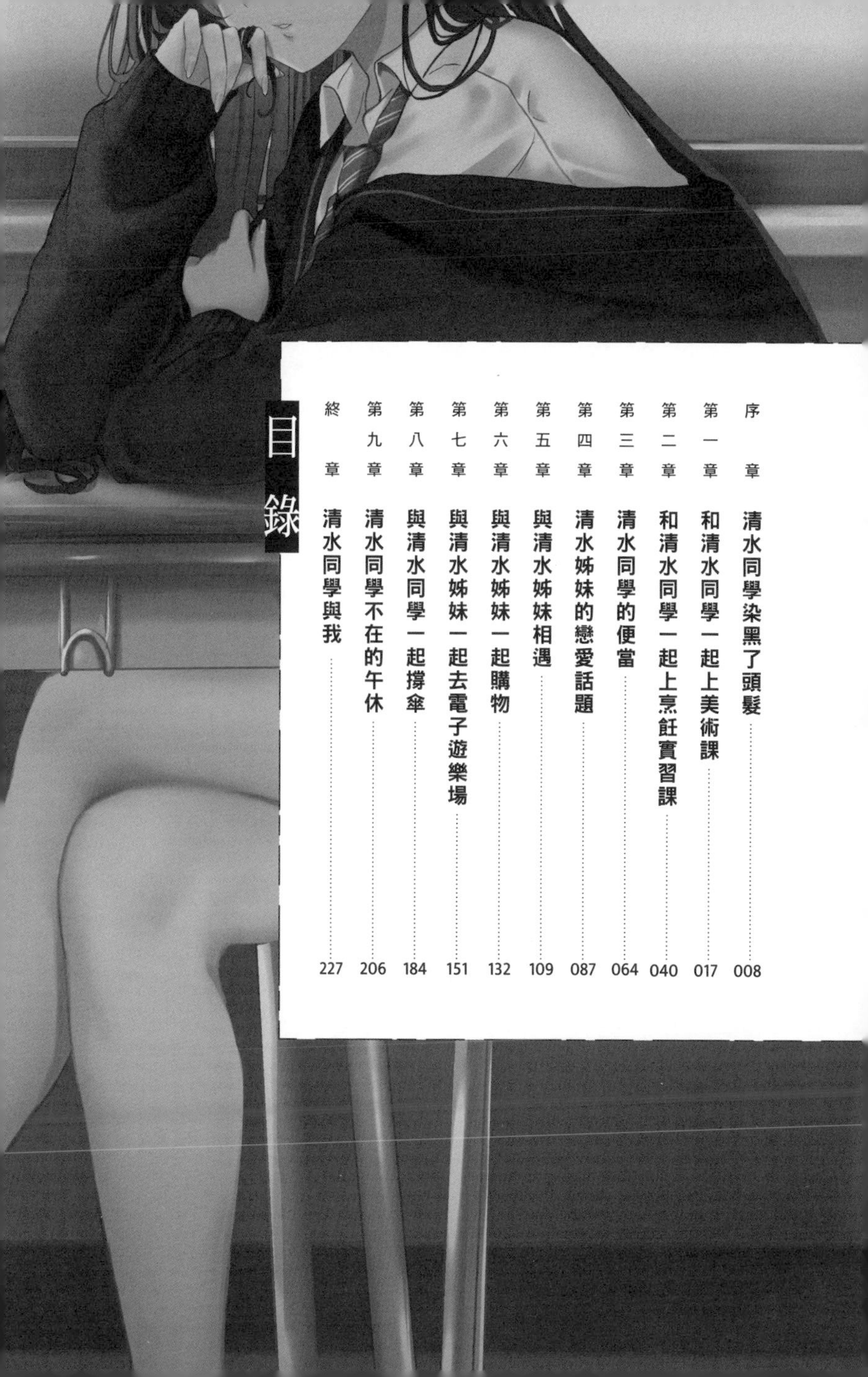

# 目錄

「大輝，來聊戀愛話題吧。」

「很突然耶。」

序章 清水同學染黑了頭髮

放學後，身為回家社的我今天沒有必須留在學校處理的事，正打算回家時，我的朋友松岡俊也叫住了我。

「沒有啦，我們從高一就認識了，卻很少聊到戀愛這方面的話題嘛。」

我和俊也確實從高中一年級一開始就因為座位很近而開始說話，漸漸地交情愈來愈好。到了高中二年級的現在，我們之間的友誼也沒有變。而且沒有聊過戀愛話題也是事實。不過對此我有幾件事想說。

「確實是如此沒錯，但這種話題應該要在校外教學的夜晚之類的，聚集好幾個男生偷偷聊不是嗎？話說接下來你有社團活動吧？」

和回家社的我不同，俊也是足球社，所以他應該沒有閒暇在教室和我聊天吧。

「今天到社團時間開始前還有些時間，沒問題的。因此，現在我與本堂大輝即將開始聊聊戀愛話題！」

聽到俊也像是在對什麼人如此宣言，我放棄勸他。以過往的經驗來看，沒人可以阻止進入這種狀態的俊也。

快速環視周遭，放學後還留在教室的人很少，似乎沒有對我們的話題感興趣的人。

唯一需要擔心的是清水同學還坐在我的鄰座。

清水圭同學是我們高中有名的不良少女，那長及腰下的美麗秀髮，即使校規禁止染髮，不管怎麼看都是金色的。制服很理所當然地不整齊，身上也戴著項鍊和耳環等飾品。

她那華麗的髮色雖然曾被師長指正，但反遭她怒眼狠瞪後，老師都快哭出來了，清水同學還有好幾件這類的英勇事蹟。可能因為這樣，清水同學不只是在同學年之間，還廣受學長姊和學弟妹們的畏懼。

這樣的清水同學和我不知道有什麼緣分，從上高中開始就一直同班。清水同學平常上完課就會立刻回家，難得現在還留在教室裡。她一直趴在桌上不動，想必是睡著了。既然睡著了，在她旁邊說話應該沒關係吧。

「第一個問題，大輝有喜歡的女孩子嗎？」

當我還很在意隔壁的清水同學時，俊也突然提出直擊核心的問題。

「那個問題不是應該留到戀愛話題的最後環節才問的嗎？」

「我吃蛋糕時，是會先吃草莓的類型。你呢？」

雖然這個舉例讓我覺得有些不對，既然被問了就好好回答吧。

「沒有哦。」

「這個回答真無聊。」

我明明認真地回答了，俊也的表情卻有點不滿。他應該是期待我會說出對誰有意思吧。

「那麼你呢？」

即使不是想反擊，我也決定回問俊也同一個問題。不過就算他有喜歡的人，我想他也不會回答……

「我喜歡瀨戶同學。」

他馬上回答，完全沒有煩惱的樣子。沒想到我會以這種方式得知俊也的意中人是誰。

再次確認周遭，幸好聽到俊也宣言的人只有我一個。

瀨戶同學是從一年級開始便和我們同班的女生，只是在班上不是很顯眼的類型，幾乎不太了解她。

「你在這種地方說那麼重要的事真的好嗎？」

「這也不是什麼需要隱藏的事情吧。而且就算被知道了我也不會困擾。」

俊也身為二年級生又是足球社的王牌隊員，廣受女生歡迎，要是別人知道他有喜歡的人，感覺會成為一則大新聞。

「不說那個了，要是大輝沒有在意的女生，那有沒有喜歡的女生類型呢？」

不把我的擔心當成一回事，俊也似乎打算繼續聊戀愛話題。既然他有回答我剛才的提問，這次也得好好回答才行。只是突然被問到喜歡的異性類型，沒辦法立刻想到。

「嗯……」

「你不用想得那麼困難喔，像是喜歡可愛的女孩，或者漂亮的女孩，大概就行了。」

是嗎，我光想著內在特質，原來喜歡異性的條件也包含外表啊。試著再思考一次後，我想到一點。

「若是那樣，我喜歡清純的女孩子吧。」

「原來如此，大輝喜歡清純的女孩子啊。具體來說是什麼樣的感覺呢？」

「你說的具體是？」

「即使是清純，不同人想像出來的樣子也會差很多吧。所以我才會想知道大輝腦中的清純女孩是什麼形象。」

確實只說清純這個詞可能有點抽象。

「我所想的清純女孩會整齊穿好制服……」

「嗯嗯，還有呢？」

「最好是黑髮……」

「嗯嗯，雖然有點偏離話題，大輝是屬於長髮派，還是短髮派？」

「要說哪邊的話，我應該是長髮派。」

「嗯嗯，附帶一提，因為瀨戶同學是短髮，我現在是短髮派。」

我又沒有問這個。話說要是哪天瀨戶同學把頭髮留長了，感覺俊也會變成長髮派。

「回歸話題，飾品怎麼樣呢？以我來說，不要太過招搖我會默許。」

「如果飾品不要太引人注目，我覺得可以。」

「知道了，大輝喜歡的清純女孩是不亂穿制服，戴著簡單的飾品，黑長髮的女孩子吧。」

「是吧。」

雖然我的腦中沒有想像得那麼具體，但總覺得他沒有說錯。

「好耶，事情變有趣了，接著要問什麼呢……」

「俊也，話說時間沒問題嗎？」

「我說過今天稍微有點時間吧……已經這個時間了嗎！」

俊也慌張地從座位起身，拿起東西。

「抱歉，社團活動差不多要開始了，我要走了。大輝，下次再繼續聊戀愛話題吧！」

俊也還想再聊戀愛話題嗎？能知道俊也喜歡的人是誰我已經滿足了。在這麼對他說之前，俊也早已快步離開教室。

※　※　※

翌日，我到達教室後發現清水同學的座位上有個不知名人士正趴著睡覺。

之所以會說不知名人士，是因為那人擁有一頭長及腰下的美麗黑髮。我們班上除了清水同學以外沒有人的頭髮這麼長吧。說不定是其他班的女生不小心搞錯教室。

再這樣下去，之後才進教室的清水同學和這名女孩可能都會感到困擾。我下定決心要把占領清水同學座位的女孩子叫起來。

「喂～」

我拍了拍看似睡著了的不知名人士肩膀。

「啊？」

原來是清水同學。更準確的說法是黑髮的清水同學。

為什麼她會把頭髮給染黑呢？為什麼今天的制服這麼整齊呢？為什麼總是戴著的項鍊消失了，還把耳環變成簡單的樣式呢？我充滿疑問。不過現在得想個拍她肩膀把她叫醒的理由。

「早、早安。」

雖然把她叫起來並不是為了道早安什麼的，但是打招呼拍拍肩膀這個行為我想不會很不自然。而且平常我就會向清水同學打招呼，應該不至於那麼奇怪。

「哦……」

清水同學回應我的招呼了。太好了，看來似乎設法蒙混過去了。

「清水同學，妳把頭髮染黑了呢。」

「對啊。」

「為什麼突然想染黑呢？」

「問我為什麼……還不是你昨天……」

清水同學的音量急速降低到完全聽不見。昨天清水同學大概是遇到什麼事了吧。

「算、算了。我接下來要繼續睡，這次別再叫我了。」

「知道了，直到老師來之前都不會叫妳。」

「就算來了也不用叫我。」

只對我說了這些話後，清水同學再次趴在桌上。

「好好睡吧，清水同學。」

今天是激動的一天。來開早晨班會的班導湯淺老師一看見染成黑髮的清水同學，一陣驚訝之餘便感動得哭了起來，其他同班同學也是，即使沒有對她本人直說，他們一整天都在研究清水同學把頭髮染黑的理由。

至於可說是本日主角的清水同學，在受到班上眾人的注目之下心情似乎一直很不好。

「……竟然會這麼騷動。」

放學後，清水同學自言自語地發著牢騷。

「班上的大家並不是在說清水同學的壞話，我想妳可以不用那麼在意哦。」

「你、你聽到了嗎？」

「抱歉，座位很近就聽到了。」

「……算了，不過班上的人是不是在說我的壞話，你不會知道吧？」

「雖然是這樣沒錯，但我覺得清水同學的那頭黑髮和今天的制服穿法都非常好，所以我認為不會有人說壞話喔。」

「什……！」

清水同學的動作瞬間停止。我說了什麼奇怪的話嗎？清水同學暫時僵在原地，過了一會兒後，突然拿著書包站起來。

「我回去了。」

「咦？清水同學，明天見。」

「嗯。」

清水同學應了一聲，便以行雲流水的動作離開了教室。

「我也回家吧。」

今天俊也有社團活動，戀愛話題暫時休息。我揹起背包，像是追在清水同學身後似的離開了教室。

「好，今天也來聊戀愛話題吧。」

下一堂美術課要在美術教室上課，正當我要走出教室時，俊也說聲等一下便把我叫住。俊也和我不同，他的藝術科目是選音樂。為此在我對為何需要等候俊也感到疑問時，剛剛那句話就拋了過來。

「好什麼好，下堂課是藝術科目，得趕快過去才行。」

其他同學早就開始準備動身，沒動作的只剩我、俊也，以及正在鄰座睡覺的清水同學。

「沒問題的，剛剛那堂課比平常更早下課，所以還有時間。而且最糟糕的情況用跑的就行了吧。」

當時間緊迫到需要用跑的時候，能應付過去的只有跑步很快的俊也，我覺得自己趕不上。

與其在這邊反駁俊也，應該陪他聊戀愛話題聊到滿意，才能早點移動。

「知道了啦，你今天要問什麼？」

「我想想，今天戀愛話題的主題要聊什麼呢……」

還沒有想好就把我叫住啊，不過也算是很有俊也的風格。

「美術教室有點遠，如果你沒有想法，我要先走了。」

「等一下，我啊，總覺得現在很想要聊聊戀愛話題啊。馬上就會想到主題的，你先不要離開座位。」

我看了看掛在教室牆上的時鐘，確實如同俊也說的，將移動所花的時間考慮進去，到上課為止還有些許時間。

「……要是你沒有馬上想到，我就要走了哦。」

「謝謝你，我的朋友！」

「那麼先普通閒聊一下，再接到戀愛話題吧。」

「就這麼辦。若是這樣我想問你藝術科目為什麼選擇美術呢？」

「單純只是在藝術科目的美術、音樂和書法三者之中，我最喜歡美術。那麼你為什麼選音樂呢？俊也，你原來有那麼喜歡音樂嗎？」

我們在一年級時的休息時間常常聊天，不太記得從俊也的口中聽說過音樂相關的話題。

「我選音樂的理由很簡單，因為瀨戶同學選了音樂啊。」

如此說道的俊也表情不知為何有些得意。

「哦，原來是這個理由啊。」

「想和喜歡的人多相處一些時間是理所當然的吧？就連圖書委員也是瀨戶同學說今年也想繼續做，我才決定繼續做的。」

「這麼說來，你是從去年四月開始喜歡瀨戶同學嗎？該不會是一見鍾情吧？」

俊也去年也和瀨戶同學一起擔任圖書委員。他剛剛說的如果屬實，俊也就是以和瀨戶同學交流為目的才加入圖書委員會吧。當我感到在意並說出一見鍾情時，不知為何感覺正在睡覺的清水同學似乎動了一下。

「並非如此。去年四月那時，我還是把瀨戶同學當成普通同學哦。會成為圖書委員，只是因為不想加入其他更麻煩的委員會而已。」

「原來如此，還以為你是色迷心竅才會加入和她相同的委員會呢。」

「我才沒那麼輕浮，雖然會因為外表覺得這個女孩子好可愛，但不會只因為這點就想和人交往哦。」

俊也似乎比我想像的還要硬派。我突然感到在意而望向清水同學，她一動也不動。剛剛好像看到她動了一下，是多心了嗎？不管怎麼樣，下堂課要換教室，得在離開教室前叫醒她。

「啊！」

「俊也，怎麼了？」

正當我在思考要怎麼叫醒清水同學時，俊也像是靈光一閃叫出聲來。

「我想到戀愛話題的主題了。今天的主題就是和喜歡的人一起上的課。」

「和喜歡的人一起上的課？」

「對，就算是無聊的上課時間，只要和喜歡的人在一起也會樂趣無窮吧？今天就來想像和喜歡的人一起上課的情境吧！」

「在享受樂趣之前，你還是先稍微認真上課吧。」

明明他對上課這麼沒幹勁，一到考試時分數還是比我高，而且在學年排名也相當前面，真是拿他沒辦法。

「別說那種話嘛，大輝。不管怎樣都要享受人生吧？那麼你有想到什麼情境嗎？」

「嗯……就算你這麼說，上課中沒有機會說話，什麼都沒辦法做吧？」

「雖然是這樣沒錯啦。真的想不到什麼嗎？」

「俊也有沒有如果在上課中和瀨戶同學一起做，就會覺得開心的事情呢？」

「問得好啊……」

俊也雙手抱胸沉吟。像這樣拚命思考的幹勁要是活用在其他事情上，感覺他一定能達成偉大的成就，不過以俊也的個性來說是辦不到的。

「想到一個好情境啦！大輝聽我說。」

「好，告訴我吧。」

「上課中，覺得無聊的我不經意地看向瀨戶同學。然後她剛好也看向我，我們視線交會。就這樣彼此都心跳加速，立刻撇開目光。兩人都在意著彼此於是又看向對方。這種情境還不錯吧？」

「以即興想到的點子來說挺不錯的。」

感覺像是戀愛漫畫之類的會有的情境，我忍不住懷疑他該不會閒暇時總是在想這種事吧。

「對吧？大輝覺得怎麼樣？感到憧憬嗎？」

「我覺得很好。會覺得對方是不是也對自己有意思，可能會心跳不已呢。」

「你能夠理解我嗎！這個情境果然不錯吧！」

如果對象沒有和自己在同一個時間點對彼此感到在意，這個情境就無法成立是其缺點，但以在上課中怦然心動的情節發展來說是有可能的。

「好，想到一個之後，就會不斷湧現靈感呢。」

「你還打算繼續嗎？」

在上課中這種行動被限制的狀態下，光是能想出一個情境就讓我覺得很佩服了。

「當然啦，時間還很充裕，再繼續吧。這次想聽大輝想的會心跳加速的情境發展。」

「我想不到耶。」

「沒問題，大輝做得到的。你是不管說什麼都做得到的男人，我保證。」

這句話讓人感到放心，若是可以我希望能在別的場合聽到。和想像力豐富的俊也不同，我怎麼想也想不到好點子。這就是正在戀愛中的人和沒在戀愛中的人的差別嗎？再次思考後，腦中浮現一個不怎麼亮眼的點子。

「有點籠統也可以嗎？」

「當然可以啊。那麼是什麼樣的情境呢？」

「能不能稱為情境也不好說。上課時有時會需要和同學一起分工合作吧，這時候我會覺得如果能和那個喜歡的人一組就好了……」

我自己也覺得這是個不知道該怎麼說，欠缺具體性的點子。但是除此以外想不到別的，所以也沒辦法。俊也聽了我的話後，做出思考的樣子然後開口：

「假如試著套用在我身上，就是在音樂課練習直笛時，請瀨戶同學教導我的情形吧。那樣很讚耶！想請瀨戶同學手把手地教導我！」

雖然是模糊的情境，但是他好像有辦法理解。只是那麼快速就套用在自己身上，讓我有點想遠離他。

「聽到這個，我對下堂音樂課湧出了幹勁啊！不能在這裡磨蹭了，我要走了。等等我啊，瀨戶同學！」

「等等，實際上課時也不一定能讓瀨戶同學教你……」

我的聲音沒有順利傳達，俊也有如猛虎一般衝出教室。

「他只要一熱中於某件事，就不聽人說話了……」

俊也離開後，我正想要前往美術教室時，想到在那之前必須先做一件事。

（對了，得叫醒清水同學才行。）

我將視線轉向鄰座，發現直到剛剛應該都還在的清水同學已經不在了，還留在教室中的學生只剩下我。清水同學是在不知不覺間離開教室了吧。我一邊感到不可思議，一邊看著時鐘確認上課時間逼近，慌張地離開教室。

到達美術教室時，距離上課開始只剩下一分鐘。雖然俊也應該沒有這個意圖，看來他似乎是在不知道趕不趕得上上課的時間點結束戀愛話題。我坐到座位後，同學們在開始上課之前依然喧鬧不已。就算不想聽，周遭的談話聲還是傳進耳裡。

「清水同學真的把頭髮染黑了耶。」

「你知道她為什麼要染黑嗎？」

「不知道。我也有問過朋友，大家都說不知道哦。」

看來話題的中心是清水同學。藝術科目是兩個班級聯合舉行，別班的學生也會一起上課。清水同學的改變形象騷動，我們班上在經過幾天後已經平靜下來，但對其他班的人來說，似乎還是新鮮的消息。

（清水同學還好嗎？）

我偷偷看往清水同學的方向。以美術課時的座位順序來說，清水同學的座位在我座位的斜後方。清水同學似乎明白周遭人正在議論自己，感覺心情不是很好。座位稍微有點距離，實在沒辦法幫她打圓場。正當我煩惱著該怎麼辦時，美術老師打開門走了進來。

「今天大家好像比平常還要有活力呢。要開始上課了，現在稍微安靜下來吧。」

老師好像不清楚學生們為何騷動，沒有多加留心便打算開始上課。

「今天一開始先看課本，之後再來畫圖。要畫什麼到時再說。先來看課本吧，翻開課本第二十三頁。」

如此說道的老師開始解說那一頁上頭的幾張畫。在這堂美術課中學生幾乎不會被點名起來唸課文，只要聽老師講解就好。當我對老師以平靜語調持續的解說稍微失去集中力時，察覺後方傳來某種類似殺氣的氣息。為了尋找氣息來源，我不讓老師察覺地慢慢轉向後方。其他學生都在看課本時，清水同學直直瞪向這裡。

我慌張地把頭轉向前方，將視線移回課本上。剛剛感覺到的氣息感覺好像來自清水同學。為什麼清水同學會瞪我呢？

（雖然我覺得是瞪，但清水同學可能只是剛好看到我這邊而已吧？）

在聽老師講解的這段時間有些無聊，忍不住想從課本上移開視線的心情我也能理解。可能是她正愣愣看著周遭時，不巧被我轉頭看到了。

為了確認真相，再次往後看。清水同學正用與剛才毫無差別的銳利眼神直直盯著我看。和清水同學對上視線。這才覺得她的雙眼好像睜大了，便立刻移開視線。

（雖然不是錯覺，為什麼清水同學要一直盯著我呢？）

我試著回想有沒有什麼頭緒。和清水同學的對話是一如往常的日常瑣事。說話時清水同學也沒有特別不同的表現。比那些更近的事，就是剛剛聊到的戀愛話題了吧……

難道清水同學被我和俊也聊的戀愛話題給吵醒，因此感到煩躁嗎？若是那樣，就能想通她從剛剛就一直瞪我的原因了。

（清水同學還在生氣嗎？）

我再次看向後方，不知為何清水同學將雙手貼在臉頰上，視線朝下，也許是我多心了，她的臉看起來比剛才更紅。從視線交會之後到剛才為止，清水同學發生什麼事了嗎？正當我感到疑惑時，頭上傳來輕微的衝擊。往前一看，老師正站在我的眼前。

「喂～本堂，你從剛剛就很頻繁往後看喔。老師的講解可能會考，至少假裝聽一下吧。」

「很、很抱歉。」

美術教室頓時哄堂大笑。剛剛傳來的衝擊，是老師把課本放在我頭上。老師也在笑，看來似乎不是真的生氣。

「知道就好，下次要注意。那麼課本今天的份看完了，就像一開始上課時說過的，接著說明今天要畫的模特兒。」

當我還在注意清水同學時，不知不覺間繪畫的解說好像已經結束了，老師回到教室前方的空間後開始說明。

「今天要兩人一組，利用剩下的時間互相畫對方。」

老師這麼說完後，其他班級的學生舉手了。

「老師，我可以發問嗎？」

「怎麼了？可以，你說說看。」

「剛剛您說要兩人一組來畫，是要和隔壁座位的人一組嗎？」

確實關於這點老師還沒有說明。與隔壁座位的人一組的確是最簡單的分組方式。老師抓了抓頭，看樣子是在思考什麼。

「老師？」

發問的學生似乎等不及，又叫了老師一聲。

「好，決定了，今天可以自由分組哦。找朋友也可以，和不同班的人一組也沒問題。分好組後就坐在彼此隔壁。那麼全體起立！」

老師發言結束的同時，美術教室內的學生全都站起來了。

「計時五分鐘，在時間內決定好搭檔。無法決定的人在五分鐘後由我強制分組。那麼大家拿好隨身物品，開始分組！」

大家隨著這句話一起行動起來。有朋友在這裡的人立刻分好組了，沒有熟人的人則是環顧周遭，呈現因人而異的各種舉動。我屬於後者，由於沒有可以同組的人選而感到困擾。

（照這樣下去，就得和不認識的人同組畫圖了啊。）

正當我開始覺得那樣也沒關係時，後方傳來腳步聲。轉頭一看，清水同學站在那裡。

「我說啊，總覺得清水同學從剛剛開始就一直瞪著本堂耶，本堂是做了什麼嗎？」

「不同班級的我不可能會知道清水同學的事吧。不要扯上關係，趕緊離遠一點吧。」

「說得對，本堂，請節哀啊。」

位於周遭的其他學生們一邊竊竊私語，一邊開始明顯與我和清水同學拉開距離。清水同學沒有開口的樣子，我決定自己發問。

「清水同學，難道妳還在生氣嗎？」

「生氣？你在說什麼啊？」

看來剛剛她一直瞪我，不是因為正在睡覺時被吵醒而感到煩躁。那她為什麼要瞪我呢？算了，沒有生氣就好。

「好像是我搞錯了。那麼清水同學有什麼事嗎？」

「……本堂，你決定好搭檔了嗎？」

「我還沒決定哦，清水同學呢？」

「不，還沒。」

對話停止了。清水同學想向我表達什麼呢？我看了看清水同學。到剛剛為止她明明一直看著我，現在卻看著全然不同的方向，完全不和我對上眼。

「剩下兩分鐘哦。還沒有分好組的人加緊腳步哦～」

老師開口催促我們。時間比我想的還短，還在想該怎麼辦時，清水同學的身影映入眼簾，因而冒出某個想法。

「要是沒有搭檔，要和我一組嗎？」

雖然我覺得不管和誰一組都好，但如果能和認識的清水同學一組，我會很開心。

「為、為什麼我得和你一組……」

「果然不行嗎？」

若是那樣就沒辦法了。儘管快沒時間了，我也只能去問問看其他同班同學。

「等等，我又沒說不行。只是需要一點心理準備之類的……總、總之對我來說，與其和不認識的傢伙一組，不如和你一起畫。」

「那麼妳願意和我一組嗎？」

「對啊，既然你都說到這個地步了。」

我沒有印象自己拚命要求同組的地步，不過她願意和我一組，沒有比這更好的了。

「謝謝，清水同學請多指教。」

「嗯。」

清水同學坐到相鄰的座位，和教室是相同的位置，讓我感覺有些平靜。

「時間到了哦。」

老師環視美術教室，受到他的影響，我也跟著環顧周圍，沒有看見多出來的人。

「看來大家都順利地分好組了，那麼就開始吧。首先來決定要由誰先畫吧，別多花時間，快點決定哦。計時三十秒，開始！」

如此說道的老師拍了一下手後便看著時鐘。

「清水同學，妳想先畫嗎？或者想要晚點畫？」

「都可以，隨你開心。」

老實說，我也是先後都可以。不過倘若清水同學也一樣，那就由我決定吧。

「那由我先畫可以嗎？」

「好啊。」

老師將視線從時鐘上移開，看來已經過了三十秒。

「決定了嗎？先畫的人把素描簿準備好，後畫的人把椅子稍微從桌子拉開，把身體轉向先畫的人。畫圖時間是十分鐘，被畫的人也必須靜止十分鐘，最好擺個輕鬆的姿勢哦，準備好就開始。」

老師這麼說完後，有一半的學生翻開素描簿並備好鉛筆，另一半的學生將椅子轉向搭檔的方向，擺好姿勢。

我也把素描簿翻開到空白頁，從筆盒中拿出美術用鉛筆。我看向清水同學，她已經是面對我坐好了。相對於其他擔任模特兒的學生都把手放在大腿上，清水同學雙手環胸。附帶一提，她的腳也是翹著的。

「清水同學的手放那個位置沒問題嗎？」

「這個姿勢比較輕鬆啊……你覺得把手放在大腿上比較好嗎？」

清水同學似乎有點不安，用只有我聽得到的聲音輕聲問道。

「如果那個姿勢比較輕鬆，我也覺得那樣就好哦。」

「是嗎，那就好。」

雖然從聲音上聽不太出來，清水同學貌似鬆了一口氣。

「大家好像都準備好了，那就開始！」

隨著老師的這聲吆喝，連同我在內先畫的學生們一齊動起手畫圖。

我打算先畫出大概的整體形象，直直盯著清水同學看。富有光澤的美麗黑長髮，配上纖細修長的手腳，身高在女生中算高的，仔細一看她的身材姣好到就算說是模特兒也說得通。翹著腳也有關係，那雙健康的腿自然地映入眼中。

「喂，本堂，手停下來了哦。」

「啊，對不起。」

這句話嚇了我一跳。我只顧著欣賞清水同學，一直沒有動手。感受到如同針刺的視線，可能是一直盯著清水同學的腿這件事被發現了。

我趕緊繼續素描，在還沒過限制時間的一半以前，便將大略的整體形象畫好了。只是由於以畫圖速度為優先，導致細部都被省略了。為了畫省略的其中一個地方——臉部，我將視線移到清水同學的臉上。

（清水同學果然很漂亮呢……）

她的眼尾上翹，睫毛很長。鼻子和嘴唇等器官都很端正，看過那張臉的人應該所有人都會覺得很漂亮或很美吧。實際上俊也說過她的容貌十分出色，要不是那種個性，想和她交往的男生意外地多。

為了詳細地繪畫，我直盯著清水同學的臉看，她突然撇開臉。

「清水同學？我正在畫妳的臉，希望妳不要動。」

「因為……你……」

從嘴唇的動作可以看出清水同學正在說些什麼，但聲音太小，不清楚她說了什麼。

「抱歉，清水同學，可以請妳再說一次嗎？」

「哼。」

清水同學將臉朝向我，用視線表示抗議。她願意面對這邊，我覺得現在是畫她的好時機，但若是畫了現在這張不高興的臉，感覺會被清水同學罵。

「總、總之臉最後再畫，我也是有很多考量的。」

「我懂了，那先畫其他地方。」

其實不是很懂，但清水同學似乎有什麼考量。沒辦法，便決定先畫脖子以下的地方。我將視線稍微往下，頭往下一點是脖子，更往下是胸部。我的視線自然而然移到清水同學的胸部。她現在雙手環胸，那原本就很有存在感的胸部顯得更有存在感。

「喂、喂，本堂，你用那種認真的眼神在看哪裡啊！」

清水同學發覺我的視線，提高音量說道。

「看哪裡……我在看脖子下面一點的地方。」

我沒有老實說出「我在看妳的胸部」的膽量。清水同學像是要遮住胸部一般移動雙手。

「為什麼要看那種地方啊！」

「清水同學要我先畫臉以外的地方，我想畫稍微下面一點的地方。並沒有其他想法喔，真的很抱歉！」

感覺一旦道歉就會變成承認是自己的錯，不過除了道歉以外，想不到能讓這種情況好好收尾的辦法。我充滿誠意地道歉。

「你真的沒有其他想法嗎？」

「嗯。」

「你能說連一丁點都沒有嗎？」

「嗯，沒有哦。」

「這樣嗎……」

為什麼清水同學看起來很遺憾呢？來自異性的邪惡視線不是應該會讓人討厭嗎？我再次思考，當我看著清水同學的胸部時，真的沒有任何感覺嗎？不，老實說，因為事出突然，感覺自己有點心跳加速。

「抱歉，清水同學，我說謊了。」

「咦！」

「雖然我說沒有其他想法，其實有一丁點……不，大約兩丁點左右，抱歉。」

我對著清水同學低下頭。不想因為這件事感到後悔，於是就算會被清水同學罵也想趁現在向她道歉。緩緩地抬起頭來，發現清水同學正看著我。

「你說看見我的……那裡後，稍微想入非非了。」

「呃，嗯。」

「算、算了，這次就原諒你。我也有點太敏感了……剛剛你看的地方，如果不是用那種眼光，在畫圖時看也沒關係，只是我有個條件。」

「什麼條件呢？」

「接下來我會保持不動，你要好好畫……」

清水同學用比平常稍微小一點的聲音對我這麼說道。

「知道了，交給我吧。」

我在心中決定剩下的時間要比剛剛更加努力地畫清水同學。

「剩下三分鐘。還有一點時間，自覺落後的人要加快動作哦。」

老師告知大家剩餘時間。在那次對話之後，我順利地畫著素描。清水同學也像她宣告的那般保持不動。沒有仔細畫的地方終於只剩下臉了。

「清水同學，接下來我要看妳的臉，可以嗎？」

為了保險起見，我先做個確認。臉大致上畫好了，假如用剩下的時間來畫，就算不直接看著清水同學的臉來畫，也能保持一定程度的品質。

「呃，好。來吧！」

看來清水同學也做好覺悟了，雖然我不懂為什麼她需要做好覺悟。

「那我開始畫了哦。」

我看著清水同學的臉。表情很僵硬，眼神銳利得如同要射殺看向她的人。

「清水同學，請稍微放鬆一點好嗎？」

照這個情況，會畫成氣勢洶洶瞪著我的清水同學。

「什麼啦，你、你是說我在緊張嗎？」

「我是這麼認為沒錯……」

如果她不緊張，真不曉得她的表情為什麼會那麼僵硬。

「你等等。」

「我知道了。」

清水同學慢慢地將眼睛閉上，過了幾秒後雙目圓睜。

「怎麼樣？」

「沒什麼變呢……」

「你是認真的嗎？」

「這種事我不會說謊。」

「呃嗚嗚……」

清水同學露出似乎感到不甘心的表情。

「呵呵！」

「有什麼好笑的，我可是很認真在做耶。」

我忍不住笑出來了。清水同學似乎以為自己認真做事時被我嘲笑了。誤會還是得趁早解開才行。

「不是的，剛認識的時候，沒想過清水同學會做出這麼多種表情。我在想能夠跟清水同學說話真是太好了。」

「什麼啊你。」

清水同學的臉看著看著就變紅了，但我不覺得自己有說出那麼值得害羞的話。

「……你不管對誰都會說這種話嗎？」

清水同學瞇起眼睛朝我看來。她把我當成什麼人了。

「我想清水同學是第一位會讓我說出這種話的喔。」

「……那就好。你看，剩下的時間不多了，快點畫吧。」

如此說道的清水同學的表情中，直到剛剛為止的僵硬感已經消失無蹤。我趁這種表情還沒有變之前，迅速動著鉛筆。

「十分鐘到了哦，還有人想要多一點時間的嗎？」

環視美術教室，沒看到有人舉手。

「看樣子大家都在時間內畫完了呢，那就稍微休息一下吧。到老師說開始畫為止，大家可以稍作休息哦。」

美術教室隨著這句話變得喧鬧起來。大概是和認識的人一組的學生占多數吧，與附近的人說話的人數比平常還多。

「清水同學辛苦了。」

「嗯。」

「謝謝妳當我的模特兒。」

途中雖然發生了幾次插曲，最終還是順利地把素描畫完。這是多虧了她願意配合吧。

「……嗯。」

「妳沒事嗎？」

清水同學看起來有些疲憊。當人體模特兒似乎比想像中還要累。

「這點小事不算什麼。不說這個了，讓我看看畫好的圖。」

「我知道了，來，請看。」

我將一直拿著的素描簿遞給清水同學。她一拿到素描簿後，便目不轉睛地看著畫到方才為止的那一頁。

「怎麼樣呢？」

雖然比不上美術社的人，但我也算是喜歡畫圖。自覺自己花費十分鐘努力畫出來的成果，不過看在清水同學眼中會是怎麼樣呢？

「……還算不錯吧，由我來看也能立刻知道是我。」

聽到這句話讓我放下心來。要是她說畫得完全不像，那我就必須向努力配合的清水同學道歉了。

「太好了，妳這麼說讓我很高興哦。」

「只是我可以問一個問題嗎？」

「妳有在意的部分嗎？」

「為什麼臉頰的地方會塗上淡淡的一層呢？」

有點擔心不知道她會問些什麼，不過這個問題我有辦法回答。

「當我在畫清水同學的臉時，妳的臉一直都很紅，所以才會稍微畫一下哦。」

「什！」

清水同學用雙手摸著臉。看來她自己沒有發現。

「……本堂，你不要把這件事跟別人說哦。」

「咦？好，我知道了。」

對清水同學來說，這似乎是不想讓別人知道的事，那就把這件事封印在我的記憶中吧。雖然我也沒有對別人說的意思。
「休息時間結束。接著畫圖的人和模特兒要對調，再用十分鐘畫一次圖哦。大家準備。」
聽見老師這句話，美術教室中的學生開始準備。
「這次輪到我當模特兒了，有希望我擺什麼姿勢嗎？」
「不管什麼姿勢都可以。」
由於沒有特別指定，我把手放在大腿上，面對清水同學的方向坐好。
「準備好了嗎？那就開始！」
隨著宣告開始的聲音響起，清水同學與我四目相對。發現我的視線，清水同學用素描簿遮住了臉。
「清水同學？」
「你不要用那麼認真的眼神看著我啦……」
「妳還不習慣人的視線嗎？」
結果當清水同學開始畫我的臉時，時間已經過了一半。

「那麼今天也來聊戀愛話題吧。」

這天早上，當我坐到自己的座位上沒多久，俊也來到我這邊說道。

「俊也，足球社的晨練呢？」

「已經結束了。」

「又要聊戀愛話題嗎？」

「因為我還有很多事想問你啊。」

「是可以啦，你還有話題要聊嗎？」

「當然啦。我也會告訴你我的事，拜託啦。」

俊也把手舉在面前合十。他已經把喜歡的人告訴我了，所以我沒有想問的事。依照習慣確認周遭，看起來似乎沒有人在聽我們說話，雖然有些在意已經就座的清水同學，不過她戴著耳機正在滑手機，我想她沒有在聽我們說話。

「算了，好吧。那你今天想問什麼？」

「我已經知道大輝喜歡清純的女生類型，這次想問你會希望那樣的女孩做什麼事。」

「希望她做的事？」

「沒錯，身心健全的男孩子總會有一、兩件希望喜歡的人做的事吧？」

「說得對呢。」

老實說我想不太到。

「就是啊，今天我要來揭穿大輝的欲望哦。」

俊也的臉浮現邪惡笑容。

「你就沒有其他好一點的說法嗎？」

「別露出那種表情嘛。突然這麼問你可能也想不太到，就由我先說吧。我希望對方做的事情是在足球比賽時幫我加油打氣。只要是運動社團的男生，都有喜歡的女孩幫自己加油的夢想吧？」

「那樣我可能稍微能體會。」

確實自己正在努力時，會希望喜歡的女孩幫自己加油，這種心情就連不是運動社團的我都能理解。

「你能夠理解真是太好了。就以這種感覺來思考希望喜歡的女孩幫自己做什麼吧。」

「了解，給我一點時間。」

「ＯＫ～距離班會還有時間，你就好好煩惱吧。」

希望喜歡的人做的事嗎……就算我試著思考，卻什麼也想不到。

「嗯……我想不到耶。」

「有這麼無欲無求啊。就沒有想讓對方幫你做的事嗎？」

我當然不是無欲無求，只是想不到有需要特地請對方幫我做的事。

「如果是輝乃，我倒是有想讓她做的事啦。」

「即使說出想讓妹妹幫你做的事也沒辦法吧。輝乃看起來一如往常呢。」

「只有一些也好，希望她幫忙我做家事。」

「那個與其說是哥哥的願望，更像是媽媽呢。」

我有個名叫輝乃的妹妹，中學三年級生。我家父母都在工作，要到很晚才會回家，平常的晚餐之類的家事都是我在做，輝乃不太會積極幫忙。我們總是一起玩遊戲和看動畫，以兄妹來說關係不算壞，我想她只是單純覺得做家事很麻煩而已。

「啊！」

想著這個怕麻煩的妹妹時，我想到剛剛被問的問題答案。

「怎麼了？」

「我有希望對方做的事。」

「哦哦！那是什麼事？」

「我希望能一起做料理。」

在我這麼說的瞬間，不知為何清水同學滑手機的手指瞬間停止了。

「那不是你希望輝乃幫你做的事嗎？」

俊也用傻眼的表情看向我。

「確實也希望輝乃能幫忙我做料理啦。我平常都一個人煮晚餐，所以才會想和別人一起做料理。」

平常我是獨自煮晚餐，假日時父母親會兩個人一起做飯給我們吃，我幾乎沒有和別人一起做料理的機會。所以從很久以前開始就憧憬和別人一起做料理。

「原來如此，這麼說來之前聊戀愛話題時，你有說過想和喜歡的女孩一起做點什麼之類的話呢。所以說大輝喜歡會做料理的女生嗎？」

「說不定。」

對方不需要多會做料理，只要能一起做料理我就很開心了。

「你有什麼想一起做的料理嗎？」

「我還沒想得那麼詳細，但如果要做應該會是普通的家庭料理吧。」

要是有人能夠幫忙的人，我會想要開心地做料理，感覺做習慣的料理會比較好。

「像是咖哩或者漢堡排？」

「嗯，就是那種感覺。」

「嗯嗯，很好哦，妄想漸漸變得具體了。」

儘管只是聽我說話而已，俊也不知為何很開心。我不經意地看向清水同學的方向，她正快速地點著手機螢幕，可能在玩音樂遊戲吧。

「大輝在看哪裡啊？」

「啊，抱歉，你繼續說。」

「好，我懂了。只是剛剛你說的與其說是希望喜歡的女孩做的事，感覺更像是希望能一起做的事，與之前的想法有點重複呢。還有沒有其他希望對方做的事呢？」

「其他希望對方做的事……很難想耶。」

我像剛剛一樣試著從想讓輝乃做的事來聯想，但不管什麼事都感覺有點不對。

「大輝要是想不到，那我也來想想情境吧……對了，從剛才的話題聯想，想一下希望對方幫自己做的料理怎麼樣？」

「若是那樣，我也會想幫忙。」

「也是，如果是大輝，可能會變這樣呢……」

俊也閉上眼睛，沉吟著不是那樣也不是這樣。維持了數十秒後，他氣勢洶洶地睜開眼睛。

「不，等一下，那手作便當怎麼樣呢？」

「手作便當？」

「沒錯，大輝的午餐總是去販賣部買鹹麵包對吧？」

「是這樣沒錯。」

我家都是夜貓子，非常不擅長早起，沒辦法擠出時間準備便當。為此我的午餐總是在販賣部買麵包。

「既然這樣，如果是喜歡的女孩作給自己的便當，就算是大輝也會有興趣吧？」

「那樣……可能會哦。」

只有自己要吃的餐點我不會拘泥那麼多，所以平常都是吃鹹麵包，偶爾也會羨慕別人吃便當。因此要是能收到喜歡的人給的便當，我肯定會很開心。

「對吧！會憧憬喜歡的女孩的手作便當吧！」

「嗯，對。」

俊也的情緒明顯愈來愈激動。

「瀨戶同學的手作便當……而且要是裡頭放了自己喜歡的食物，光是想像就不得了了。」

情緒太嗨了，俊也已經有一半沉浸在妄想的世界中。雖然他本人完全沒意識到自己說出瀨戶同學的名字。幸好周遭的人看起來沒有注意到我們的對話。

「大輝的便當裡放什麼配菜會感到開心？我是歐姆蛋。」

「我是薑汁燒肉吧。」

「很好，夢想拓展開來了。不論瀨戶同學會不會作料理，我都一樣喜歡她，但要是能收到手作便當，我可能會開心到流淚吧。」

看來俊也對瀨戶同學的喜歡十分堅定。我從來不曾喜歡某個人到這種地步，所以滿尊敬他的，不過他聽了可能會得意忘形，就不說了。

「要是能收到便當該有多好。」

「是啊，這是其中一個希望能實現的夢想。」

訴說夢想的俊也一直都很認真，他也打算盡全力實現這次的夢想吧。當我想著這些事情時，離班會五分鐘前的預備鈴響了。

「咦，已經這個時間了嗎！」

「看來時間到了。」

「還有好多想聊的事，真可惜。沒辦法，只好回去了。」

俊也不情不願走向自己的座位。我環視周遭，清水同學正認真地點擊手機螢幕。她還在玩音樂遊戲嗎？再過不久就是班會時間了，我想還是把手機收起來會比較好。正當我猶豫著要不要提醒清水同學時，俊也像是想起什麼般走到半路又折返回我的座位旁邊。

「我剛剛想起來了，大輝想與某個人一起做料理的心願，明天就會實現了啊！」

「明天有什麼事？……啊！」

一開始還不明白他在說什麼，但看到課表就想起來了。

「沒錯！有烹飪實習課哦！」

是的，明天是烹飪實習之日，是我能夠和少數幾個班上同學一起做料理的日子。

※　※　※

「可惡！如果我和瀨戶同學同組，就能吃到瀨戶同學親手做的料理了。」

「烹飪實習課是小組成員分擔工作，能不能說是瀨戶同學親手做的料理都很勉強啊。話說俊也，回去你的小組吧。」

烹飪實習課當天，俊也在我身旁一邊穿圍裙一邊嘆息自己的不幸。看俊也的表情，似乎是真的很不甘心。

「大輝，你是不是有點冷淡啊。朋友都在傷心難過了，你也安慰一下吧。」

要是我沒有謹慎挑選用詞，感覺會輕易傷害俊也的心靈。我在穿上圍裙的同時，全速運轉腦袋。

「俊也想要的是專為自己做的料理吧？那和這次的烹飪實習的料理有點不同不是嗎？我想就算現在沒辦法吃到，之後專為俊也做的料理才是真正有意義的。」

「大、大輝！」

俊也的表情瞬間變得開朗起來。

「你說得對呢。專門為我作的料理才更有意義啊！我有精神了！大輝，謝謝你啊！」

「你有精神就好。」

還想著解決一件事的瞬間，烹飪教室的門伴隨喀啦一聲用力打開。站在那裡的無庸置疑就是清水同學。

「清水同學為什麼會來這裡？」

「笨蛋，會被清水同學聽見哦。」

烹飪教室裡的同班同學們一陣騷動。為何大家會這麼驚訝呢？那是因為平常清水同學幾乎不來家政科目的課程，特別是像烹飪實習課這種需要與他人一同合作的課程，更是從來沒看過她。即使如此，為何清水同學還是能升級呢，似乎連在消息靈通的人之間也意見分歧。

「大輝，我要回去自己的小組了。」

往旁邊看去，俊也已經不在了，取而代之的是清水同學往我附近走來。俊也和其他同學一樣都很怕清水同學，所以逃回自己的小組了吧。

烹飪實習課的座位與教室的座位對應，所以我和清水同學同組，但她至今為止沒來過家政科目的課程，所以都忘了。

我把視線轉向身邊的清水同學。

「清水同學。」

「什、什麼啦。」

穿好圍裙的清水同學朝我的方向瞪過來。

「我們是同一組，今天一起加油吧。還有那件圍裙很適合妳呢。」

「哦……」

太好了，清水同學突然來上烹飪實習課，我稍微嚇了一跳，幸好還是平常的她。

放心下來後，家政科目的老師來到烹飪教室。老師看到清水同學在場似乎瞬間嚇了一跳，但立刻恢復原本的表情。

「好，大家似乎都穿好圍裙在等我了。今天就像之前說的要做蔬菜炒肉。請每個小組都要分配好工作，安全烹飪哦。」

「好～」的回答聲響遍烹飪教室，我們就這樣遵從老師的指示開始準備烹飪。

烹飪實習課開始之後過了一會兒，我們小組進入切食材的階段。

「負責切食材的是誰跟誰啊？」

「只有我喔。」

我回答在教室中坐在我前方的今野同學的提問。

「咦，負責切食材的不是兩個人嗎？」

「我們小組的人數比較少，變成只有我來切而已。」

「啊，這麼說起來是這樣沒錯呢。」

正確來說，本來的人數與其他小組沒有不同。只是小組成員之一的清水同學不在，所以才會少一個人。我想起原本以為能和某個人一起烹飪，卻變成只能一個人切食材，所以覺得有點遺憾的往事。

「喂。」

「清、清水同學？您、您有什麼事嗎？」
清水同學突然的發言讓今野同學臉色發白，已經快要陷入恐慌。
「怎麼了嗎？」
「我也要做。」
「什麼？」
今野同學露出像是聽到不可置信的事一般的表情。
「我說我也要切食材。既然原本是兩人做的工作，沒有負責工作的我來做也行吧。而且要是我不做點什麼，可能會被當成蹺課……」
雖然她說得很快，重點就是清水同學要幫忙做切食材的工作吧。只是若是那樣我有件在意的事。
「我很開心妳願意一起做，但清水同學有用過菜刀嗎？」
「……沒問題。」
剛剛的停頓是怎麼回事呢，感覺到無法言喻的不安。
「我再問一次，清水同學會用菜刀嗎？」
「……沒有問題。」
就算再問一次，她在做出回答之前還是會停頓。即使我想與清水同學對上視線，她也一直看著旁邊。即使覺得不安，還是尊重她本人想做的意願。

「我知道了。大家也覺得這樣分配可以吧？」

我向其他組員確認，全員都點頭回應。其中也有人是鬆了一口氣的表情，恐怕是不想和清水同學負責同一項工作吧。

「那就這麼決定了。清水同學，請多指教。」

「哦、哦。」

於是原本只有我負責的切食材工作，變成有清水同學來幫忙了。

「清水同學，可以先幫我把高麗菜切成剛剛好的大小嗎？」

「我知道了。」

這次要切的食材是高麗菜、洋蔥、紅蘿蔔與豬五花肉這四種。我有點煩惱要請清水同學從哪樣開始切，最後還是決定請她先切高麗菜。

我要從什麼開始切呢？豬五花肉留到最後切，就從又硬又不好切的紅蘿蔔開始吧。一邊想著這些事，一邊不經意地轉頭看向清水同學，發現她反手握著菜刀盯著高麗菜。

「清水同學？妳先放下菜刀吧。」

「……咦？哦。」

儘管清水同學的頭上浮現問號，還是乖乖地聽從我的指示。環顧周遭，幸好同學們似乎都專心在做事或是對話，沒有往這邊看。真危險，清水同學的菜刀握法可能不管誰看了都會發出尖叫吧。

「我想問清水同學，妳剛剛打算做什麼呢？」

「你問做什麼，是你說要我切高麗菜的吧？」

清水同學露出覺得莫名其妙的表情。

「我確實是這麼說的，那妳為什麼要像剛才那樣握菜刀呢？」

「握法？」

「對，切高麗菜時基本上是這樣握的。」

我用平常的握法握菜刀給她看。清水同學盯著我的菜刀握法，同時臉頰迅速變得通紅。

「我、我太緊張了。平常都是像那樣握的。」

「在眾人面前做料理確實會感到緊張呢。」

我將菜刀放回原位。雖然是第一次看到因為緊張而反手握菜刀，但這個世界上肯定也有這樣的人存在吧。

「沒錯，我只是有點緊張而已。這樣就知道菜刀的握法了，我可以切高麗菜了嗎？」

「沒問題。要是有不懂的事情就問我哦。」

「知道了。」

清水同學這次正常地握著菜刀，用另一手抓住一顆高麗菜，然後將菜刀刀刃靠近高麗菜。

「清水同學暫停！等一下！」

「這次怎麼了？」

清水同學露出像在問為什麼的表情，放下菜刀。

「我有很多話想說，首先妳打算把高麗菜切成什麼樣子呢？」

「說到高麗菜就是切成細絲吧？」

那雙眼睛非常清澈，一眼就能看出她不是在開玩笑。

「那個認知雖然沒有錯，但這次是要用在蔬菜炒肉，所以不是切成細絲哦。」

「是這樣嗎？」

要是我沒有看向她，我們小組就會變成「蔬菜炒肉配高麗菜絲」的下場了。

「若是那樣，要切成怎麼樣的大小呢？」

「高麗菜的尺寸待會兒我會實際切給妳看。接著是關於高麗菜的切法，假如照妳那種狀態來切，由於圓形不穩比較危險，一開始會對半切哦。」

「……原來如此。」

她似乎連這點也不知道，真是幸好在受傷前就發現了。

「切法我知道了。可以切高麗菜了嗎？」

「嗯，妳要小心切哦。」

清水同學第三次握起菜刀，光是看著的我也不禁緊張起來。她用左手牢牢固定高麗菜，從高麗菜的正中間切下去，順利地一刀兩斷。

「這樣可以嗎？」
清水同學似乎莫名不安，原因可能是我兩度指正她。
「嗯，沒問題。妳切得很漂亮。」
「是嗎……那就好。」
清水同學看起來鬆了一口氣。不知道是不是我多心，感覺她的臉有點紅。
「嗯，就照這個狀態繼續切吧。」
「哦、好。」
之後我也給了好幾次建議，清水同學總算有辦法把高麗菜切完。

「接著是洋蔥嗎……」
清水同學的表情似乎帶點不安。
「如果能切高麗菜，洋蔥也沒問題喔。」
紅蘿蔔和豬五花肉都由我切好了，再切完洋蔥我們的工作就結束了。
「那我切了哦。」
對了，我剛剛沒有說，得先教她使用菜刀時的配合手法才行。
「清水同學，妳知道貓掌嗎？」
「貓掌？」

「使用菜刀時，為了不誤切到抓菜的手，抓著菜的手會握成像貓掌的樣子哦。」

「你說的貓掌要握成什麼樣才行呢？」

當然是稍微彎曲手指的狀態，但只用嘴巴說感覺很難傳達，我將左手握成貓掌狀並伸到清水同學的面前。

「這就是貓掌哦。清水同學也試著做做看吧。」

「這樣嗎？」

清水同學看著我的左手，用笨拙的動作把左手握成貓掌。

為了看清楚自己手的形狀，清水同學把貓掌貼到臉旁，看起來似乎在做著裝可愛的姿勢。她本人應該毫無自覺吧，要是說出來可能會挨罵，所以就不說了。

「喂，不對嗎？」

「抱歉，那樣就ＯＫ了哦。」

我慌張地回答。要是這份動搖沒被發現就好了。

「要小心切哦，還有別忘記貓掌。」

「哦。」

清水同學拿著菜刀對已經對半切開的洋蔥下刀。

「我切了，這樣可以嗎？」

「嗯，沒問題。只是為了安全的切菜，妳再稍微換一下貓掌的位置應該會比較好。」

「我該把手放在哪裡才好呢?」

要把左手的中指或食指靠在菜刀的刀腹，我覺得就算說了也無法傳達。該怎麼表達才好呢?不用講的，直接做給她看應該會比較快吧。

「我稍微切一下洋蔥，可以請妳看看嗎?」

「好啊。」

接著在我搭配說明切給清水同學看了幾次之後，還是沒辦法順利傳達給她。

「怎麼辦。」

「我大概知道自己做錯了，卻不知道正確的做法啊……」

用言語很難表達，光是看著也無法傳達。若是這樣，剩下的辦法就是只能讓她實際體驗看看了。

「清水同學，可以碰一下妳的手嗎……」

在我把話說完之前，清水同學放下菜刀，迅速將雙手舉到臉前。

「你、你打算對我做什麼?」

「我想手把手教清水同學貓掌的正確位置。不過抱歉，讓妳感到討厭了。」

雖然我不太在意，但是應該有很多人討厭被碰觸吧。我不小心做了對不起清水同學的事。

「也沒有討厭啦……」

清水同學似乎在說著什麼，然而聲音太小我聽不見。

「……可以。」

「清水同學？」

「我說可以啦。你就手把手教我吧。」

「真的可以嗎？」

「不用多說，快點教我吧。」

清水同學比我還要乾脆得多。既然她說可以，我也不能再繼續客氣。

「我知道了。如果清水同學可以，那就這麼辦。」

我趕緊走到清水同學後方。

「清水同學，我摸了哦。」

「來吧。」

我把自己的手慢慢放到清水同學的手上。

「呀啊！」

聽到出乎預料的叫聲，組員的視線往我們集中。

「……看什麼看啊。」

清水同學瞪向周遭的組員。以那句話為信號，大家紛紛移開視線。看來大家決定把剛剛的叫聲當成沒聽見過。

「沒事吧？清水同學，果然很勉強吧？」

「沒問題。剛剛只是有點出乎意料而已。我不會再大意了，你快點吧。」

「知道了，開始嘍。」

我已經先說過了，應該不至於出乎意料，既然她本人這麼說了，就當成是這樣吧。再次碰觸清水同學的手，這次她沒有發出叫聲。

「……那麼我該怎麼做才好？」

清水同學的聲音不知為何比剛剛還小聲一些。因為我在清水同學後方，所以看不見她的表情，但她的耳朵稍微有點泛紅，不知道是不是我多心了。

「妳拿起菜刀了吧，試著把刀刃放到想切的洋蔥位置。」

「哦。」

清水同學依照我的指示，把菜刀的刀刃放到預定要切的地方。

「接下來手的位置是這裡。」

我讓清水同學的左手在洋蔥上移動。

「哦，那我切了哦。」

「如果我的手會阻礙到妳，要先移開嗎？」

「……這樣就好。」

如此說道的清水同學壓下菜刀的刀刃，成功切開洋蔥。

「很好，接下來妳知道該怎麼做了嗎？」

「菜刀的位置是這裡，所以左手要放在這裡嗎？」

清水同學連同我的手移動自己的左手。

「嗯，我也覺得那裡可以。知道這點就已經沒問題了吧。」

「……不會阻礙，你這樣就好。」

「咦？」

「就說你這樣就好。」

「呃，好，我知道了。」

雖然不能完全理解清水同學的想法，但她可能還殘留著些許不安吧。我決定繼續輔助清水同學直到她說不需要為止。

「那麼就請妳繼續切好嗎？」

「好，我切嘍。」

她的聲音聽起來好像有點高興，她的話音剛落，菜刀也同時開始動作。

「放這裡可以嗎？」

「嗯，沒問題哦。」

清水同學和我確認的同時，一點一點地進行工作。當菜刀停下動作的時候，我不經意地看向她的耳朵，那裡變得像熟透的番茄一般通紅。

「清水同學沒事吧？妳的耳朵好紅。」

「啊？才、才不紅呢！」

「不，很紅啊。因為沒有鏡子，所以妳現在看不到。」

「那是……」

明明距離這麼近，清水同學的那句低語卻傳不到我耳裡。

「總之我沒事啦！你看，我們已經慢了，繼續做事吧。」

「清水同學覺得沒事就好，那就重新開始吧。」

結果直到切完洋蔥為止，我的手都沒有從清水同學的手上離開。

「清水同學，蔬菜炒肉很好吃真是太好了呢。」

烹飪實習課結束後的午休時間，我們一起吃著在烹飪教室煮的蔬菜炒肉。我和清水同學切完食材後，剩下的組員們將翻炒和調味做得很好，拜此所賜，蔬菜炒肉順利完成了。

「嗯，算是不錯吧。」

在我隔壁吃著蔬菜炒肉的清水同學看起來也很滿意成果。

「那就太好了。」

「……本堂，可以問你一個問題嗎？」

清水同學吃完蔬菜炒肉後，把臉轉向我。

「怎麼了嗎？」

「和我一起烹飪，你覺得怎麼樣？」

這個問題有什麼意圖呢？我再次看著清水同學的臉。從她的表情中可以感覺到少許不安。說不定清水同學是覺得自己沒有幫上忙吧。我該怎麼回答才能消除她的不安呢？

「老實說，一開始相當恐怖，感覺清水同學好像會受傷。」

「嗚！」

似乎是心裡有底，清水同學從我身上別開視線。

「不過最後我覺得能和清水同學一起烹飪，滿開心的哦。」

清水同學把頭轉向我，四目相交。

「因為清水同學很努力，所以一起做事非常開心。如果可以，下次烹飪實習課妳也能來一起做嗎？」

沒想到最後還是把內心的想法全都說出來了。清水同學到底會怎麼想呢？等了十秒左右，清水同學開口：

「如……」

「如？」

「如果你拜託我，也是可以再一起做啦。」

「呵呵！」

「為、為什麼要笑啦！」

糟糕，我忍不住就笑出來了。

「不是，因為我以為會被妳拒絕。那麼清水同學，下次也請多指教了。」

「呃，哦。真拿你沒辦法呢。」

清水同學雙手抱胸如此回答。我有點等不及下次的烹飪實習課了。

「不應該是這樣的啊……」

我在自己的房間把臉埋進枕頭裡，忍不住自言自語。躺在床上回想今天的烹飪實習課。

今天出席烹飪實習課的目的是為了與那個男人……本堂大輝一起烹飪。由於我們原本就是同一組，一起烹飪的機會比想像中還容易遇到。當初的計畫預定是在一起做事的過程中向他展現我擅長烹飪的一面，然而出乎意料的是本堂比我想像的更習於烹飪，而我的廚藝則是毀滅性地糟糕。

（沒想到我們的差距這麼大……）

我平常確實完全不做料理，先前的烹飪課也都蹺課了，之後才被叫去和家政科的老師兩人一起烹飪。只是像用菜刀切菜這點小事，在開始之前還以為肯定能輕鬆過關，結果一直受到本堂的教導，完全沒有向他展現擅長烹飪的優點，和我最初的設想差太多了，但是這次遇到的好事是……

（那傢伙的手，比我想像的更結實呢。）

回過神來，用力左右搖頭。

本堂的手很粗實，比我想像的更有男子氣概，該怎麼說才好呢。確實以我被異性摸到手的經驗來說，也只有小時候被爸爸摸手的記憶而已，沒什麼好說的。

（而且他說和我一起烹飪滿開心的……）

再次回過神來，在床上滾來滾去。

本堂就算和我以外的人一起烹飪，肯定也會說他很開心。但本堂的一句話，怎麼就讓我興高采烈呢。

用兩手輕拍自己的臉頰。

已經結束的事情就無可挽回了，重要的是接下來要怎麼補救。無論如何我必須讓他知道我不是廚藝不好才行。

問題在於用什麼方法。烹飪實習課暫時不會再有了，必須找到別的機會做料理，向那傢伙展現我的優點。關於方法，我一邊看著以前記錄在手機中的內容一邊思考，想起了之前本堂和松岡的戀愛話題。

「既然這樣，如果是喜歡的女孩作給自己的便當，就算是大輝也會有興趣吧？」

「那樣……可能會哦。」

本堂被松岡問到對手作便當是否有興趣，他表示肯定。

既然如此，我就親手作便當給本堂，讓他開心，再來也能展現我的料理能力，豈不是一石二鳥嗎？連我自己都覺得想出來的點子很好，卻同時也浮現一個問題。

（突然送他手作便當，會不會覺得奇怪？）

曾經在漫畫中看過女生送喜歡的男生手作便當的場景，但在現實當中是可能的嗎？至少我不記得曾經看過。不過就算沒看過，在現實中說不定還是有發生過。

我覺得光憑自己很難判斷，決定試著問別人的意見。

「喂，愛，妳在嗎？」

走出自己的房間，來到隔壁的房間前一邊敲門一邊向房間的主人說道。話才剛說完，房間傳來腳步聲，門慢慢地打開了。

「咦，圭，怎麼了嗎？」

「我有點事想問妳……」

從門的縫隙探頭出來，這個房間的主人姊姊——愛露出了訝異的表情。

「咦！圭難得有事會問我耶！明天可能會有什麼好事從天而降哦！總之先進房間吧，還有點心哦。來吧，進來，進來。」

「很吵耶！總之妳先放開那隻手！」

我揮開打算把我拖進房間的愛的手。我對愛一如往常有如機關槍的說話方式感到厭倦。已經開始後悔想來問姊姊事情了。

「我說了只是有點事，在這裡說就好。」

「可以嗎？在走廊說有可能會被爸爸或媽媽聽見哦。是被他們聽到也沒關係的事嗎？」
「唔！」
我也不是要做什麼壞事，但希望知道這件事的人愈少愈好。
「……把話說完我就走哦。」
「當然可以啊！那麼我帶圭進來我的房間～」
愛似乎很開心地抓住我的手臂，用力地拉進房間裡。

「那麼妳想對這個秀麗端莊、學業優秀的學生會副會長姊姊說什麼啊？」
「不要自己說自己秀麗端莊啦，而且妳的學業並沒有那麼優秀吧。」
現在我和愛隔著小桌子面對面坐著。自從成為高中生之後，我就幾乎沒來過愛的房間，但她的房間裡塞滿漫畫、遊戲和布偶，這點看起來和以前相差無幾。
「剛剛我也說過了，有事想問妳。」
「什麼？妳想問能變得像我一樣開朗可愛又美麗的祕訣嗎？」
「……我回去好了。」
「開玩笑的！我只是想說點笑話！請務必讓我聽聽圭小姐要說的事！」
「……下次妳再開玩笑，我就真的回去了。」
「遵命！我了解了！」

愛做出敬禮的姿勢。我能夠直到最後都不回房間好好地問到答案嗎？

「那個啊……如果突然有人送妳便當，會怎麼想？」

「那是圭送的嗎？」

「不是，若要舉例，就是平常會說話的男生送的。」

「咦，我會覺得怎麼會這麼突然。」

果然突然有異性送手作便當是很奇怪的行為嗎？看來我必須把作戰計畫從頭修正了。

「……我知道了，很值得參考，我回去了。」

正當我站起身打算離開的時候，愛緊緊地抓住我的手臂。

「等等啊，我完全不知道整件事情的始末，這樣會睡不著的。要不要試著再跟我說清楚一點呢？不用擔心，絕對不會讓妳吃虧哦！」

確實只聽我剛剛的問題可能會不清楚我的意圖吧。不過真的可以對姊姊全盤托出嗎？老實說只覺得不安，但我一個人無計可施也是事實。

「我不會全都說哦。」

「沒問題，因為我是聞一知千的超級非凡美少女！」

「若是那樣，妳只憑剛剛的問題就全都知道了吧。」

我一邊在心中嘆氣，一邊開始對愛說明。

「哦～也就是說圭想對那個很照顧妳的男生展現『我的廚藝其實很高超哦』，然後為此想做便當送他。」

「簡單來說是這種感覺啦。」

開始說明幾分鐘後，我隱藏了本堂的名字和一部分過去發生的事，成功傳達了我的目的。

「這不是很好嗎？妳就試著挑戰看看吧？」

「剛剛妳不是還說怎麼會這麼突然嗎？」

「剛剛是指我突然從男生手中拿到便當的情形吧？那和妳說的這種情形之間，在含意上就有很大的差異了哦。」

「差在哪裡啊？」

「收到女生的手作便當對男生來說是夢想啊！不管讓他做什麼他都想要收到，就是這種東西啊！」

「是那樣嗎？」

感覺松岡好像也說了類似的話，但我現在不太能理解。

「就是那樣啊。而且難得妳自己想做，不挑戰看看就太可惜啦。只有一次的青春，要全速衝刺啊！」

「啊，好啦。」

愛的氣勢讓我掩不住困惑。雖然不知道為何愛反而比我還要充滿幹勁，詳談後的收穫就是聽到了正面積極的話語。只是還有件令我掛心的事。

「就算做了，結果沒有給他的理由，不是很難交給他嗎？」

「那只要說是之前烹飪實習課他幫助妳的謝禮就行了哦。」

原來如此，這個點子是我想不到的。

「那麼妳已經決定好想做的料理了嗎？」

「沒有，還沒決定好。」

我只想放本堂之前說過的放了他會開心的薑汁燒肉，其他配菜還沒確定。

「那麼就得先想好才行呢。我也開始期待起來了喲。」

「妳期待什麼啊？」

「咦？因為我要幫忙圭做便當啊。」

愛用「妳在說什麼理所當然的話啊」的表情看向我。

「我一個人就能做便當。」

「喂喂，妳已經忘記烹飪實習課時，是哪個人給人家添麻煩了嗎？」

「嗚！」

烹飪實習課那天本堂教了我好幾次菜刀用法的記憶甦醒了。

「早上媽媽應該也會很忙，適合幫妳的人就只有我了。我的這個支援呢，這次就算是姊姊的特別大招待，免費！」

「不要像網路購物一樣強迫推銷自己啦。」

「欸嘿！忍不住嘛。話說回來，圭小姐，要是沒有我的輔助，我想成功率會完全不同哦？我在閒暇時就會做點心之類的，肯定能幫上妳的忙哦？」

雖然愛一直開我玩笑，但她的料理經驗比我更豐富。如果想送本堂品質比較好的便當，感覺除了拜託她別無他法。

「……妳有辦法早起嗎？」

「為了可愛的妹妹，那點小事易如反掌哦。圭只要說一句『姊姊，拜託妳』不管幾天我都奉陪。」

「誰要說那種話啊！」

應該說我這輩子至今為止從沒說過那種話的記憶。

「咦～一句話，真的一句話就行了！拜託！」

愛將雙手合十，直到我說為止她都不打算放棄。

「……姊姊，拜託妳……這樣總行了吧？」

「好可愛～！好，姊姊為了可愛的妹妹會盡全力加油的哦～！」

我想消失，好想現在立刻從這裡消失。我從一開頭就大幅削減了幹勁，還是決定要和愛一起準備便當。

※　※　※

「喂，今天的清水同學是不是心情比平常更不好啊？」

「你也這麼覺得嗎？有傳聞說她是跟其他學校的人打架，手才會受傷的哦。」

「原來是這樣啊。因為清水同學把頭髮染黑，又沒有蹺課有好好來上課，還以為她變認真了，原來還是一樣啊。」

班上同學低聲說著我的傳聞，但我沒有力氣看向他們。這一切的原因都是手作便當。

（實在慘到極點。）

便當姑且是做出來了。雖然幫忙我的愛的註冊商標笑臉消失，總算是完成了。問題在於那個成品。

煎蛋不知道是因為醬油或是焦掉的關係，成為一逕追求黑色的謎樣物體，本堂喜歡的薑汁燒肉也同樣成了帶有明顯焦黑的肉塊。

儘管這次有愛的協助，我依然用菜刀切到好幾次手指，傷口都很淺，但還是讓愛很擔心。

最後完成的便當，實在不是能夠送人的東西。

最初還覺得自己一人可以吃完那個手作便當，感到自己也有責任的愛提議要一人吃一半。托她的福才有辦法吃完，只有胃不舒服的程度就能解決了。

「老實說，圭的料理能力該說是超乎想像，或者是出乎意料呢。」後來的愛用毫無生氣的眼神如此說道。

「清水同學早安。」

「哦。」

還在回想今天早上的事情時，不知何時本堂已經坐在我的鄰座。

我知道本堂沒有任何罪過，但由於今天早上的便當失敗了，感覺自己自然而然皺起眉頭。

「那個，清水同學，我做了什麼嗎？」

看見我的這副表情，本堂露出似乎感到困擾的笑容。

「你沒有做什麼啊。」

實際上本堂並沒有做出惹我生氣的舉動。我看起來在生氣是我自己的問題。

「那麼妳是有困擾的事情嗎？如果可以對我說，我很樂意聽哦？」

「……沒什麼。」

我為你做了手作便當卻失敗了所以很沮喪，這種話就算撕裂嘴也說不出口。

「這樣啊，我知道了……咦，清水同學的手受傷了，沒事吧？」

我快速把手藏起來，但已經來不及。完全大意了，得想個藉口才行……

「……發生了一些事情啦。傷口沒有很深，你不用在意。」

「嗯，不過還是要保重哦。」

雖然是蹩腳的藉口，但本堂看來接受了。當我一放心，可能是比平常早起的反作用力吧，睡魔向我襲來。

「我接下來要睡覺，別叫我哦。」

「嗯，我會在老師快來之前叫醒妳。」

「不是說可以不用叫我嗎……」

如果依照平常的互動，接下來我們就會互相鬥嘴要不要叫我起來，但我從早上就開始做便當，精神上可能很疲勞吧，今天我很快就失去意識。

午休時間，快速吃完午餐的我閒來無事地趴在桌上。

從隔壁座位傳來本堂和松岡的聊天聲。

「我好想吃瀨戶同學親手做的料理啊～」

「俊也，你還在對烹飪實習課時的事念念不忘嗎？」

「雖然我想看開那件事，但只要是男人，不管是誰都想吃喜歡的女生親手做的料理吧？」

「我覺得你的主詞範圍有點大，不過確實可能是這樣呢。能夠吃到喜歡的女生為自己做的料理的機會實在不多，我想應該會很開心。」

果然本堂也對異性為自己親手做的料理有興趣的樣子。太好了，我努力的方向似乎沒錯。

「是吧！就沒有瀨戶同學親手做了便當送給我的故事發展嗎……」

「到了那裡已經不是想像，而是妄想的領域了。」

可能是身為朋友的立場，本堂偶爾會對松岡很嚴格。

「不論是空想還是妄想都好，之後我一定會讓它成為現實給你看！」

「加油啊。」

「好，就算不是喜歡的人親手做的料理，有人親手做的料理也很好呢。」

「那點我也同感呢。雖然自己做的也很好，有人為自己做的料理總覺得很特別呢。」

這是個好情報。也就是說，就算不是喜歡的人送的料理，只要有人為自己做料理，這件事本身就會讓他感到喜悅吧。

「這麼說來，之前聊到戀愛話題時我就在想了，大輝沒有想過要自己做便當嗎？」

松岡突然對本堂提出疑問。

「我是有想過啦，但最後早上起不來就放棄了。」

「是這樣？那你暫時還是得過著買飯生活了。」

「是啊，不過之前聊到便當的話題時，我變得有點想吃便當了，下次試著挑戰早起吧。」

無意間聽他們說話，卻聽到很重大的消息。我和本堂的廚藝天差地別，要是本堂開始自己做便當，之後要送他就很困難了。

本來還悠閒地想著要經過反覆練習，直到能做出滿意成果的便當後再送他，不過我知道現在必須趕快把便當做好。

「喂，這一個禮拜清水同學的心情一直都很差，你知道理由嗎？」

「她手上的傷口日益增加，有人說她每天都和其他學校的學生打架，有人說某個人觸碰了清水同學的逆鱗，還有其他說法，但不知道哪個才是正確答案。唯一能確定的是絕對不要和那種狀態的清水同學扯上關係。」

「說得對，我也要小心。」

儘管對在教室的一角說我傳聞的同班同學感到在意，然而沒有餘力做出反應。

開始做便當的這一個禮拜，以結果來說，我無法做出令自己滿意的便當。

不管愛每天早上再怎麼細心地教我，我的廚藝還是沒有長進，幾天前看不下去的媽媽也開始教我，結果依舊沒變。每天吃著做出來的便當失敗作，我和愛的意志都漸漸消沉。

（沒想到我的廚藝竟然糟到這種地步……）

到了今天早上，已經沒有人有力氣再吃失敗作，煮了中午可以隨意吃的料理放到便當盒裡就帶過來了。

再這樣繼續做便當，對我來說很辛苦，對愛也不好。今天我做出先不要做便當的決定。

午休我從書包裡拿出媽媽做的便當和我自己做的便當。必須趁午休時把兩個便當都吃完才行，不由得想嘆氣了。

「……唉。」

聲音的主人不是我。面向發出聲音的方向，本堂正用手撐著臉頰發呆。

「你怎麼了，擺出那種不爽的臉。」

平常沒看過本堂嘆氣的臉，我感到在意便忍不住對他搭話。

「啊，清水同學，抱歉。」

「沒關係，發生什麼事了嗎？」

難得由我主動找他說話，至少想要問出他嘆氣的理由。

「沒有，我今天忘記帶東西了。」

「你忘了帶什麼？」

「是錢包哦，拜此所賜我沒辦法買午飯了。還在想要怎麼辦才好。」

我看向本堂的桌上，確實沒看到他平常午休總是在吃的鹹麵包之類的食物。若只是那樣，應該還是有解決方法吧。

「如果只是沒錢，向松岡借錢不就好了？飯錢這點程度，那傢伙應該可以借你吧？」

這種時候本堂最先拜託的人應該會是松岡。

「是啊，假如俊也在場，我也覺得他會借錢給我，偏偏今天他有足球社的會議要開，午休時間不在。要是在俊也不在以前就發現忘記帶錢包就好了。」

聽他這麼一說，我環顧教室，確實沒看到松岡的人影。

「算了沒辦法，今天就不吃午飯了。抱歉也讓清水同學擔心了。」

「我可沒在擔心你哦。」

「那就好。」

對話中止了。高中男生一般來說應該都很食欲旺盛。對那樣的本堂來說，沒吃午餐很難受吧，我想著這些看向自己的桌面，那裡放著兩個便當盒。對了，今天有兩個便當。雖然完全沒有預期到，但在某種意義上這不正是個好機會嗎？

「喂，本堂。」

「怎麼了？」

本堂再次把視線轉到我身上。我沒有與他對上視線，在本堂的桌上放了一個便當。

「清水同學，這個便當是？」

「……送你。」

「咦？」

「就說了那個便當送你。」

本堂露出似乎快要說出「為什麼」的表情。

「我是很開心，但這麼一來清水同學的份就沒有了啊。」

「我還有。」

我用手指向自己桌上的另一個便當。

「咦，真的耶。那這個是誰的？」

「不管是誰的都行吧……你看，在烹飪實習課的時候你幫過我吧，所以那個送你。反正我也吃不完兩個便當，你就別在意了。」

本堂的頭上浮現問號。他應該是搞不懂為什麼我會帶著兩個便當吧。「我都把為了想送你手作便當的失敗作帶來當午飯」這種話無論如何都說不出口。

「儘管不是很懂，既然有清水同學的份那就好，謝謝妳，我收下了。」

「嗯。」

本堂雖然沒有辦法完全接受我的說辭，不過他知道我還有自己的份，就決定收下便當了。然後這才察覺我送給本堂的便當是誰做的？

我做的便當和媽媽幫我做的便當，便當盒是相同造型、相同顏色，如果沒看內容物就不知道是哪個便當。為此交給本堂的便當是誰做的，現階段無法判斷。

在我陷入驚慌的時候，這才發現本堂已經準備要打開便當盒了。

「我很少看到別人家做的便當內容，感覺好興奮呢。」

我從旁邊若無其事地確認便當盒的內容物。交給本堂的便當不管怎麼看都是我做的。

（……已經不行了。）

感覺聽見意志啪的一聲折斷的聲音。我做的黑漆漆配菜就此躍入本堂的視野。

現在立刻從本堂手中搶走便當的慾望驅使著我，但僅存的些許理智踩下煞車。自己交給他又馬上收回來，這種事未免太說不過去。

「清水同學，雖然有點快，但我可以吃嗎？」

完全不知道我的內心糾葛，本堂對我說道。即使是現在也可以交換便當吧。不過也希望他能吃吃看我做的料理。腦內有兩派正在爭鬥。

「……可以。」

最後是希望他能吃吃看自己做的便當的心情獲勝了。

「謝謝，那我開動了。」

本堂毫不畏懼有著不祥顏色的配菜，用手拿起筷子。看起來正在煩惱先吃哪樣，他將筷子伸向從一個禮拜之前就開始每天做的焦黑煎蛋，直接送入口中。

看了看本堂的臉色，卻看不到明顯的變化。真奇怪，這明明是奪走家人笑容的最可怕等級的料理。

我盯著他觀察，大概是察覺到視線，本堂轉頭面對我。

「怎麼了嗎？妳果然想吃這個便當嗎？」

本堂大概是把我當成大胃王了吧。

「不是，我只是有點想知道你從哪樣先吃。」

「確實從便當的哪道菜開始吃可以看出那個人的個性呢。我不自覺會先從煎蛋開始吃。」
令我感到衝擊的是，本堂是在認知那個黑漆漆物體是煎蛋後才吃的。
「我幾乎沒吃過家人之外做的煎蛋，這個煎蛋的調味很有趣呢。」
「你說有趣，那是對料理的感想嗎？」
雖然我也覺得比起被說難吃，或者勉強說是好吃，這個感想要好得多了。
「抱歉，這樣不行吧。這是我至今從來不曾吃過的調味，所以不知道該怎麼形容才好。」
「……那就沒關係。」
「等想到別的說法，我再說吧。」
如此說道的本堂繼續吃下去。我一邊吃著媽媽做的便當，一邊斜眼偷偷確認本堂的樣子。
本堂接著選的配菜也是我從一個禮拜以前開始每天早上挑戰的薑汁燒肉。在便當中明明還有其他更像樣一點的配菜，為何他總是選些我覺得做得特別不好的配菜先吃呢？
（至少直到我做好心理準備為止，先吃其他的配菜啊。）
我的嘆息徒勞無功，本堂毫不猶豫地吃下薑汁燒肉。吃著薑汁燒肉的本堂看不出有特別的表情變化。
這可是愛在第一次試吃時，以認真的表情說出：「這是料理嗎？」這種話的料理哦。不管是薑汁燒肉也好，剛剛的煎蛋也罷，本堂的舌頭真的沒問題嗎？當我隱藏不住驚訝時，又跟本堂四目相對了。

「那個，清水同學？被妳那樣盯著看，我吃不太下耶。」

「本堂你沒事嗎？沒有勉強自己吃吧？」

我忍不住把心裡想的話直接說出口。

「那個問題有點可怕耶。這個薑汁燒肉放了什麼平常不會放的調味料嗎？」

「才沒有。本堂，你吃了那道薑汁燒肉後，真的沒有任何感覺嗎？」

愛第一次試吃的時候，這道菜被她說：「薑汁燒肉原來能夠表現絕望到這種地步啊。」

「該怎麼說呢？我喜歡薑汁燒肉，所以吃得很開心哦……」

就像之前聽說過的，本堂喜歡薑汁燒肉。只是我現在想問的情報不是這個。

「如果你覺得難吃，可以直接說哦。」

「為什麼？我不會說那種話哦。難得清水同學送我自己做的便當耶。」

「你怎麼知道是我做的……」

我沒有說過我有做便當，正常應該都會認為是家長做的。本堂到底是從哪裡察覺的呢？

「因為清水同學在我問薑汁燒肉是不是放了什麼的時候，很肯定地說沒有放吧？我想如果不是清水同學做的薑汁燒肉，就不會那麼說吧。」

「可是只用這點來當依據有點薄弱吧。」

「還有剛剛妳說要我覺得難吃就直說這個發言，要不是清水同學自己做的，我想不會這麼說吧。」

「嗚嗚……」

雖然我想找藉口，但感覺差勁的謊言一下子就會被拆穿。

「果然是這樣吧。清水同學，妳這麼努力做的便當真的可以給我吃嗎？」

我該怎麼辦。乾脆對他坦白真相嗎？說那個便當是想讓你吃才做的，你願意吃讓我很開心……不行啊，光是想像就羞恥到想原地消失。我和本堂之間持續著沉默。

「清水同學？」

我沒有回答讓本堂感到不安了吧，他打破沉默。

「……沒關係。」

「咦？」

「我說你不用在意也沒關係啦。便當只是一時興起想做才做的。然後我覺得量多到自己吃不完才送你的！」

「妳持續做了一整個禮拜，也可以說是一時興起嗎？」

本堂說到我的痛處，但他本人大概只是覺得奇怪才問出口的。話說剛剛他是不是若無其事地說出很重要的事啊。

「你為什麼會知道我從一個禮拜前就開始做便當了……」

說得太多的我連忙閉上嘴巴，只是本堂似乎已經從這句回答明白了什麼。他用手指著我貼滿ＯＫ繃的手。

「因為那些ＯＫ繃就是妳在做料理時手指受傷才會貼的吧？一開始還不知道妳為什麼會不斷受傷，看到今天的便當終於明白了。」

本堂和其他同班同學不同，他似乎沒有認為我是因為打架受傷的。我的心情變成有種說不出的搔癢難耐。

「清水同學？喂～」

糟糕，本堂的話讓我內心動搖，害我暫時中斷思考從一個禮拜前就開始做便當的藉口。愈是急著要想就愈想不到。於是決定以氣勢蒙混過關。

「……我從何時開始做便當都沒關係吧！總、總之送你便當並沒有什麼特別的理由！這樣可以吧！」

「呃，嗯。反正清水同學覺得好就好。」

本堂似乎決定不再追究這件事。

「知道了就快點吃。」

「好，我充滿感謝地吃了。」

之後本堂默默地吃著便當，不久就全部吃完了。

「多謝款待。」

「……吃完就把便當盒給我。」

我把手伸向本堂的方向，催促他把便當盒交給我。

「我想洗一洗之後再還妳，不可以嗎？」

「我說過這個便當是烹飪實習課的謝禮了吧，所以直到最後都讓我表現一下吧。」

「……我明白了。那麼清水同學，再次感謝妳的款待。」

如此說道的本堂將放著便當盒的包巾遞給我。

「……哦。」

「我可以再說一件事嗎？」

「什、什麼事啦？」

不知道他又要說什麼，我稍微坐直身子。

「今天謝謝妳的便當。我忘記帶錢包真的很困擾，所以幫了大忙。很開心能夠吃到清水同學做的便當。下次也讓我回點謝禮吧。」

很開心……很開心……很開心……這句話在我腦中不斷重複。到今天為止既辛苦又嚴苛、像地獄般的一個禮拜絕對沒有白費，感覺自己受到本堂如此肯定。

「清水同學，妳沒事吧？」

聽到本堂的話我回過神來。看來我似乎因為感動導致意識飄遠了。

「不用回禮啦。只是……」

「什麼？」

「要是我又一時興起做了便當，你要吃哦。」

本堂瞬間露出驚訝的表情，只是馬上又恢復成笑容。
「好，那時再麻煩妳了。」
我在心中做了一個揮拳慶祝的姿勢。

「圭，我聽說了哦！」

送出便當的當天晚上，正在回味本堂說的話時，愛突然入侵我的房間。

「妳從誰那裡聽到什麼啦。話說回來，老是跟妳說不要隨便進入我的房間了吧。」

「那種事沒差嘛，我和圭都是這種關係了。」

「親不越禮，妳不知道這句話嗎？」

「咦！圭，原來妳覺得和我很親近啊！好開心！」

「很吵耶，妳到底聽說什麼了？」

照這樣一來一往下去，也看不見愛變得安靜的未來，所以決定先問她話。

「對了！圭，聽說妳把便當送出去了。」

「……妳是從誰那裡聽說的？」

知道這件事的應該只有班上的同學才對。

「那是祕密。只是我的內應也包含圭的同學在內，僅僅如此而已。」

愛發出哼哼的聲音，得意洋洋地挺起那對莫名巨大的胸部回答。我從以前就知道愛的交友範圍很廣，沒想到連我的班上都有愛的朋友。

「不過現在先不談這件事。我關心的是圭有了在意的對象這件事！」

「什麼事啊？」

「妳還裝傻，都已經證據確鑿了哦？」

愛雙手抱胸露出壞笑。要不是我還有理智這層枷鎖，早就給她一記手刀了吧。

「什麼啦，如果是指送便當的事，那只是為了道謝。」

「哼〜會用那種藉口來搪塞呢。」

愛維持抱胸的動作左右晃動上半身。

「妳是想說我在說謊嗎？」

「不，我沒說得那麼過分哦。不過，那是為什麼而道謝的呢？」

「問我為什麼，就是烹飪實習課的……」

「對！就是那個！」

愛鬆開抱胸的雙手，用手指向我。

「清水圭小姐，我聽說了哦。妳上次沒有蹺掉烹飪實習課，有去上課呢。」

「那、那又如何，要不要去上課是我的自由吧？」

與其說是自由，應該說本來就該出席吧。

「當然了，不過妳為什麼會突然去上烹飪實習課呢？我非常有興趣，於是更加詳細地追問之後，發現了一件驚人的事情。」

「妳、妳知道什麼啦？」

我感到動搖，那份情緒不小心也反映在聲音上。

「圭小姐，妳和某個男生一起協力合作了不是嗎？」

「那是因為我們同組……」

「不只是那樣。有目擊證詞說妳在用菜刀時，那個男生一直握著妳的手教妳！」

「嗚！」

當時被誰看見了呢？老實說當時我光是進行手邊作業就竭盡全力了，沒有餘裕在意其他傢伙的視線。

「不輕易對人敞開心房，不接近別人的妳竟然會容許對方做到這種程度。那個人對妳來說應該是特別的存在吧，不是嗎？」

「那是……」

雖然要否認很簡單，但是那樣我這個姊姊不會接受。

「加上送手作便當的對象似乎也是他，該不會妳突然把頭髮染黑的原因也是他吧？」

「嗯唔。」

老是嚎啕大哭說讀書好難的沒出息姊姊，為什麼偏偏在這種時候就很敏銳呢？

「妳不否認，就當妳是承認了哦？」

「……啦。」
「嗯？妳可以再說一次嗎？」
「對啦！妳有意見嗎！」
我判斷狀況已經無可挽回，於是放棄找藉口，決定承認。
「妳終於招了呢。話說回來沒想到圭有喜歡的人了，姊姊好感動啊，都快流眼淚了。」
「妳這個騙子。」
「嘿嘿嘿。」
「別想用笑來蒙混過關。」
我的姊姊有個困擾時會用笑臉試圖蒙混過關的壞習慣。
「抱歉、抱歉。那麼，那個人是什麼樣的人呢？」
「妳也對那傢伙有點了解吧？」
既然在我們班上有內應，愛應該多少對本堂有些了解。
「旁人給的情報和來自本人的情報有很大的差異哦。若可以，我當然想直接問本人啊。」
「我沒打算回答到那種程度。」
「咦～為什麼？我是妳的姊姊哦？人生經驗豐富哦？可以陪妳商量戀愛哦？」
「妳說人生經驗豐富，但妳只和我差一歲吧？而且戀愛經驗方面，妳自己也沒有吧？」
愛的個性開朗，還有我不太想承認但確實出色的外貌，不分男女廣受歡迎。可是愛至今為止即使被告白也全都拒絕了，不曾和任何人交往。
「那是因為……該怎麼說呢……該說我沒有感受到命運嗎……」
愛突然說得含糊不清，她會變成這樣的原因顯而易見。
「因為妳喜歡陽介吧？」
「妳、妳、妳在說什麼啊，圭！突然說出那種八竿子打不著的話，我這個妹妹還真是讓人困擾啊！」
愛的聲音明顯動搖了。
陽介是愛從小一起長大的青梅竹馬，也是她的意中人。
從小時候到現在，我看見愛在陽介面前顯露的表情逐漸產生變化的過程，以為人就是像這樣墜入戀情。
「現在不談我和陽介的事啦！比起那個，跟我聊聊妳的達令吧！」
「不要說是達令啦。我不打算說出更多事。」
「呵呵呵，妳說那種話真的好嗎？」
「什麼啦？」
這是掌握我的弱點時的表情，只是我對什麼弱點完全沒有頭緒。
「我在這一週很早就起來幫妳做便當，又一起吃掉失敗作，可不准妳說忘記了哦？」
「啊！」

是這樣沒錯。到今天為止的一週裡，每天早上愛都會奮不顧身地從旁協助我做便當。就算料理做完了，愛依然會持續協助我，一起把做便當時產生的失敗作當成早飯吃掉。雖然愛的眼神也因此一天一天逐漸失去生氣。

「妳完全忘記那張臉了嗎？不過就算妳忘記，我也永遠都忘不了哦？」

「既然如此，妳說這些打算做什麼？」

「妳試著想看看。我可是橫跨長達一週的時間，協助消耗圭做的不曉得能不能稱得上是料理的灰色暗黑物質哦。我應該累積了不少功德吧？妳不覺得如此一來不論我發生什麼好事，都能夠被允許嗎？」

儘管身為我的姊姊，她的說法好過分，不過我做出的各種便當配菜是否為值得吃下肚的料理，這尚有思考的餘地。

「不過那傢伙倒是吃得很開心……」

「妳說什麼……」

愛露出宛如表示「真不敢置信」的表情。

「妳說吃那種東西吃得很開心？該不會是圭無法接受現實才看見了幻覺？又難道說那個人不是人類？」

「妳再這樣我會生氣哦。」

能夠開心地吃下我做的便當就把他當成非人類，這是什麼姊姊啊。

「圭小姐，妳應該沒有誤會那種東西的破壞力吧？那個可是讓擅長露出笑臉的我失去笑容的東西耶。」

「嗚！」

即使她說得有些誇張，愛的發言大致屬實。這麼一來，能夠輕鬆把我做的便當全部吃光的本堂，可能不是普通人物。

「總之我可是非常努力才吃掉那些失敗作，作為報酬，要求圭公開初戀對象的情報！」

到今天為止愛確實每天早上都幫忙我做便當和處理失敗作。關於這點，我想過之後必須向她道謝才行。問題是作為道謝，該把本堂的情報交出去嗎……

「……知道了，不過妳絕對不可以對其他傢伙說哦。」

「太好了！交給我，別看我這樣，我可是被人稱作嘴巴比鑽石還硬的女人！」

「是誰說的啦。」

雖然完全不能相信她，但不論怎樣，既然她已經得知我有心上人，直到我說出來為止，愛應該會每天都來我的房間吧。那會非常麻煩。

要是變成那樣，還不如現在就還清人情債把事情說出來，這會關乎到我今後的安穩生活。

「那麼接下來我想訪問清水圭小姐。就先單刀直入發問了，可以問這次圭小姐送便當的對象名字是？」

「……本堂。」

「就是這個，圭的害羞表情！咦，我家妹妹是不是太可愛了？他的名字叫什麼呢？」
比平常囉嗦了六成。我早就知道會變成這種局面，所以才不想講的。
「……大輝。」
「原來如此，是本堂大輝學弟，和我事先問到的對象名字一致呢。那麼下個問題，請告訴我妳與他——本堂大輝學弟相遇的情形。」
「是中學三年級的時候。」
「咦！原來你們是同一間中學嗎！那到底是怎麼樣的相遇呢？詳細告訴我吧。」
對於提問我原本打算簡潔地答，但不詳細地告訴愛，她便不會滿意。在開始說明前，我已經覺得有點心累了。
「剛剛也說了，最初遇到本堂是中學三年級時，地點是校舍後面。」
「說到我們中學的校舍後面，就是告白的熱門地點，難道說！」
「對，我遇到那傢伙時，確實是我在放學後被告白的時候。」
「果然！一開始就從告白開始嗎！咦，不過妳不是很討厭被不認識的人突然告白嗎……」
真是銳利的指摘。就近看著愛和陽介隨著時間漸漸墜入情網的樣子後，對我來說，無法理解不打算了解對象的內在就告白的傢伙的想法。
「向我告白的人不是本堂。」
「咦，怎麼回事？」

「當我被其他傢伙告白時，那傢伙出現了。」
「咦咦！什麼狀況啊？為什麼大輝學弟會出現在那種場合呢？」
愛當然會感到疑問。雖然麻煩，我還是得在這裡仔細地說明清楚才行吧。
「一開始是我在放學後，被不認識的傢伙叫到校舍後方告白。到這邊可以理解嗎？」
「嗯，圭在中學時也相當受歡迎呢。」
「我可不想被比我還受歡迎的妳這樣講，不過確實如此。那天也是被說一見鍾情之類的，所以和平常一樣拒絕了。」
「嗯，圭就是這樣呢。」
「到這邊為止都還好，問題從接下來開始。那個傢伙在告白被我拒絕感到不甘心，說他不喜歡我的拒絕方式之類的，開始情緒失控。」
「妳沒事吧？」
與直到剛剛為止的表情完全相反，愛轉為認真的神情。儘管是中學時的事了，她就像剛剛才發生般露出非常擔心的樣子。只要關乎到我，愛就會變得有點愛操心。
「如果有事，我當時就會說了。」
「也對呢，太好了～」
愛的表情明顯變得柔和。
「話說妳又是怎麼從那個危機當中脫身的呢？」

「我接著說。當那個向我告白的傢伙情緒失控開始靠近我的時候，叫他『等一下』的傢伙就是本堂。」

「哦哦！到了這邊就和剛剛說的連起來了呢。」

怎麼好像回收伏筆一樣開心呢，我只是單純地將說明前後調換順序而已。

「對了，本堂來到失控的傢伙和我的中間，開始自我介紹。」

「咦，在那種時間點嗎？大輝學弟有點天然呆嗎？」

「那傢伙相當我行我素啊。他做完自我介紹後，向我告白的傢伙問他和我是什麼關係，他就露出困擾的表情。」

「別說認識了，是初次見面呢。」

後來再也沒有見過本堂露出那麼困擾的表情。

「然後本堂老實說自己是今天第一次見面的人之後，那個男的說為什麼要阻礙他告白，又生氣了。」

「假如那個人之前沒有對圭亂發脾氣，他說的話也不無道理呢。」

「本堂也苦笑著向他道歉了。不過他隨即轉成認真的表情，堂堂正正地對那個男生宣言，如果告白順利結束，他原本打算要離開，但是看見對方想要動手才會前來阻止。」

「大輝學弟是能夠將自己的想法好好傳達出來的人呢。」

老實說，我在當時也相當驚訝。從他的臉看不出來是男是女，還一副滿不在乎的樣子，原本還擅自認為他是那種不太能對人表達自我意見的類型。

「本堂出乎意料的是那種傢伙哦。然後那個男的對本堂說是我的拒絕方式有問題，不過本堂勸導他說即使如此也不能動手，他就說不出話來了。」

「嗯嗯，然後呢？」

「最後那個男的和本堂說過話後好像讓頭腦冷靜下來，便向我道歉了。」

「那個男的也有反省了呢。圭對此作何反應？」

「我覺得自己可能也說得有些過分，便向他道歉了。」

「從妳的描述聽來，感覺是那個男生的錯。儘管如此能夠勇於認錯還是很棒呢。我來摸摸妳的頭吧！」

「住手！別真的想摸我的頭啦！」

我躲開愛的手。即使已經是高中生，愛依然把我當成小孩子。什麼時候她才會把我當成大人看待呢？

「啊～我還沒有摸頭耶～好吧，這次就算了，事情到這裡就結束了嗎？」

「幾乎啦。之後那傢伙等看到我們都回到校舍之後才離開。」

「原來如此，所以妳中學時就和大輝學弟相遇了嗎？」

「我偶爾會在走廊上看到他的身影，但是只說過一次話。」

「這樣啊，你們說了什麼？」

「我問他：『你那天會出現在那個地方應該不是偶然吧？』」

「咦？」

看來我和本堂的對話內容出乎愛的預料之外，證據就是愛露出愣住的表情。

「怎麼回事？請說明一下。」

「我不是說那個告白是精心設置的詭計。只是妳不覺得奇怪嗎？只要上過同一所中學都知道吧？如果沒事，沒人會去校舍後方。」

「妳確實說得對。就是因為人跡罕至，那裡才會成為適合告白的地點。」

第一次見到本堂時，我也沒有發現這種突兀感。之後幾次回想這件事，終於感到疑問。

「所以我後來試著詢問本堂這件事，當我這麼一問，本堂露出像是惡作劇被發現的孩子般的表情哦。」

「這是？」

「根據本堂所說，一開始他在校舍裡從窗戶看見我和那個男生一起走到校舍後方的樣子。然後因為那個男生有點容易抓狂這點還滿出名的，他擔心和他在一起的我，所以才會跟著追到校舍後方。」

「大輝學弟真是愛操心呢。」

我覺得愛對待我的方式，也和當時的本堂一樣過度保護就是了。

「我也有點這麼覺得，然後也對本堂說了，我問他我連他的朋友或是認識的人都算不上，為什麼願意做到這種程度。」

「大輝學弟怎麼說？」

「他說不想讓自己感到後悔。看見卻當沒看見，要是害我受到傷害，他會討厭自己，僅僅因為如此才行動的。」

當時的本堂看起來似乎有點寂寞。

「他把一切歸結成是為了自己呢。那麼圭是怎麼回答的？」

「……我回他說你老是做這種事嗎？要是一個不小心連你都會有危險……」

「圭小姐？這時候不是應該出現謝謝他幫助妳，然後臉紅心跳一番的場景嗎？」

「誰臉紅啦！我也知道得好好向他道謝才行啊，但就是說不出口嘛……」

我自己也討厭自己。為什麼當時對那傢伙連一句道謝的話都說不出來呢？

「因為圭有些地方比較笨拙嘛，不過妳的這種地方也很可愛。這樣中學時的事情就已經結束了嗎？」

「對，自那以後我在中學期間都沒再和那傢伙說過話了。」

「原來如此，大致上了解了。危急時有個男孩子立刻現身，被他所救的圭落入情網。很好呢，這不是很棒的戀愛嗎！」

「妳好煩，我又不是在這個時候喜歡上他的。」

「咦，不是嗎？」

「這個時候我只覺得他是個奇怪的老好人而已。」
「這樣啊，那圭是什麼時候對大輝學弟感到心動的呢？」
愛的眼神和今天早上迥然不同，閃耀著光輝。她對妹妹的戀愛話題感到興致盎然。
「我已經講很多了，今天說到這裡吧。」
「別這麼煞風景嘛！現在正說到興頭上，那樣太過分啦。」
愛抓住我的雙肩前後搖晃，我一邊覺得有些煩躁，一邊揮開愛的手。
「很麻煩耶，剛剛說的內容足夠還妳便當的人情了吧。」
「說不定是這樣沒錯啦……對了，要是妳告訴我喜歡上他的理由，我就會從旁協助圭的戀情哦！」
「我不需要。」
「馬上回答！」
「我怎麼可能交給連自己的戀情都顧不好的傢伙啊。」
「唔哇！」
愛和她的心上人陽介雖然互相喜歡對方，卻沒有變成情人。這僅僅只是因為他們沒有互訴衷情而已。陽介因為愛拒絕了所有其他傢伙的告白而感到膽怯。愛則是說希望由陽介主動向她告白。為此愛和陽介的關係一直保持在青梅竹馬以上，戀人未滿的現在進行式。
「呼～呼～圭也很敢說呢。」

愛似乎好不容易才由精神打擊當中重新振作。

「我只是陳述事實。」

「不愧是我妹妹，真是出色的直拳啊。不過等等，雖然我不太能夠給予戀愛的建議，但有些事還是辦得到的。」

「什麼事啊？」

我覺得不會是什麼正經的提案，姑且還是聽她說說看。

「我可以用學生會副會長的權限把大輝學弟叫出來，幫忙問他對圭是怎麼想的哦！」

「我揍妳哦？」

活用學生會副會長地位的時機絕對不是現在。

「咦咦，還以為這是個完美的回答呢。」

「哪裡完美啦，濫用職權也該有個限度。而且要是做了那種事，導致他對我印象變糟，妳打算怎麼賠償啊？」

「妳有點擔心過頭了吧？圭可是超級美少女耶，不用擔心啦。大輝學弟肯定會說出正面的評語。」

「誰是超級美少女啊！總之駁回，提案駁回！」

「真嚴格呢。不過就算剛剛說的有點半開玩笑，但光是在同一間學校裡有支持圭的戀情的人，我覺得這樣就會放心多了。」

確實，目前知曉我對本堂心意的人只有愛。我覺得有沒有協助者會有很大的不同。對我來說愛的提議說不定也不錯。

「……知道了。不過還是請妳儘量不要妨礙我哦。」

「哦哦！妳願意回應我，也就代表願意告訴我妳對大輝學弟感到怦然心動的事件吧！」

「我才沒有怦然心動。」

「我的妹妹還真是不坦率耶。那麼說說妳開始對大輝學弟感到在意的開端吧。」

「好，我就說吧，那是高一的時候……」

※　※　※

高中一年級的某個放學後，我為了拿忘記的東西而回到教室。

我發現忘記東西時，已經走出學校好一會兒了，等到回到教室前，以為教室內應該幾乎沒有人在了。

「這麼說起來，俊也今天時間沒問題嗎？」

聽到熟悉的聲音，我停下原本要開門的手並忍不住彎下身子。

「對，今天社團休息所以沒問題。」

「那就好。」

（為什麼偏偏是那兩個人還留著。很難進教室耶。）

從裡頭傳來的聲音，可以判斷還留在教室裡的似乎只有本堂和松岡兩人。他們似乎沒有發現站在教室前的我。

上了高中的我和本堂同班。自那時以後，我和本堂在中學時期都沒有說話的機會，因此我們上同一所高中這件事，也是在開學典禮才初次得知。

一開始我們座位相隔很遠所以沒有交流，換了幾次座位之後，偶然與本堂坐到鄰座。和本堂說過話才發現，他以為和我是在高中時才第一次見面。

他大概忘記中學時的那件事了吧，又或者他以為染了頭髮的我是別人。莫名有點不甘心的我，沒有對他說出自己曾在中學時見過他。

只是本堂每天都會跟這樣的我搭話，跟這個被同學懼而遠之的我。本堂到底對我有什麼想法呢？

「我一直感到很在意，大輝不覺得清水同學很可怕嗎？」

「清水同學很可怕？為什麼啊？」

「即使校規禁止染髮她還是染成金色，不小心和她對上眼就會瞪人，很可怕啊。而且我也常常聽到傳聞說她可能在做一些不好的事情哦。」

（這個臭松岡，竟然趁我不在時對本堂說這些有的沒的。）

前面兩點是事實，我無法反駁。

松岡說些有的沒有的倒還好，但我不想聽到連本堂都說出一樣的發言，打算回家的我轉身背對教室的門。

「我不覺得清水同學可怕啊。」

本堂的這句話讓我停下步伐。

「為什麼你會這麼覺得？」

「清水同學有點難懂，但我覺得她是個溫柔的人呢。」

「是嗎？」

松岡似乎打從心底感到疑問。

「對。向清水同學打招呼，她總是會回應。儘管外表有點誇張，不過試著和她說話就會知道她是個好人哦。」

「那應該是因為大輝覺得每個人都是好人吧？」

只聽現在本堂的這番話，松岡似乎沒有放下對我的警戒。

「不是那樣喔。我想俊也應該不知道，清水同學在打掃之類的時候總會來幫忙。我想清水同學是以她自己的方式來替別人著想的。」

「唔嗯，原來如此啊。」

「不好的傳聞只是擅自流傳的，只要試著和她說過話，就會知道清水同學是個比大家所想的還要更溫柔、更有趣的人哦。」

都不知道原來本堂竟然是這樣看待我的。還以為他表面上笑著與我打招呼，背地裡像其他同學一樣對我感到畏懼。

可是並非那樣，本堂沒有只憑外表和氣質就評判我，而是打算去看我的內在。

「既然大輝都說到這個地步了，應該就是這樣吧。不過說她有趣我就無法同意了。」

「俊也只要試著好好和清水同學聊過就會懂的。而且清水同學……」

我的臉急速變熱，也清楚自己的心跳加速，總覺得不能再繼續留在這個地方。連回到這裡的理由都忘記了，忍不住在走廊上奔跑。

※　※　※

「……所以，這就是妳開始在意本堂的理由。」

一直默默聽著的愛突然開始拍手，就像是人偶突然動起來一般令人不快。

「Bravo～太讚了，實在是棒極了。不由外表評斷人，願意好好看清內在，這就是真實的愛！這會讓全美的人們都感動落淚啊。」

「少隨便說說。」

「抱歉、抱歉，不過我是真的覺得大輝學弟是個好孩子。老實說，到不久前為止的金髮小圭看在別人眼裡有點難以接近確實也是事實啦。能夠有人願意認真面對那樣的圭，以姊姊的立場來說非常高興哦。」

「不要突然認真起來啦。」

「妳好不講理！」

雖然我自己也是這麼想，但總是吊兒郎當的姊姊突然開始說正經話時就很不習慣。

「總之我已經講很多關於本堂的事，妳應該滿意了吧。」

「是的，聽到圭的既青春又赤裸裸的戀愛話題後，我的心都返老還童了。」

「真是太好了，那就回去吧。」

「咦咦！妳怎麼突然變得這麼冷淡？過於冷淡到我都快感冒了。哈啾！」

「很吵耶。妳的目的已經達成了吧？」

打從一開始愛應該就是為了問本堂的事才會來我房間。既然現在目的已達成，她也沒有必要待在這裡了吧。時鐘的時針剛過十一點，時間差不多了。

「是那樣沒錯啦，但我還想聽妳說最近對大輝學弟的這種地方感到心動啊，大輝學弟和其他女生說話讓妳有點吃醋啊，這種酸酸甜甜的事情啊。」

「不要隨便要人心動或吃醋啦。回去。」

「討厭討厭，姊姊不想回房間嘛～我想聽圭多說一點，像是和大輝學弟之間至今為止的回憶之類的。想和圭聊更多戀愛話題嘛～」

即便愛已經十七歲，看來她似乎還處於不要不要期。真拿她沒辦法，我該使出殺手鐧了。

「戀愛話題不是單方面說個不停的話題吧？我也想聽妳和陽介進展到哪裡啦，喜歡陽介的哪一點啦，是從什麼時候開始意識到陽介是異性，妳也會好好告訴我吧？」

愛的視線四處游移。

「呃，這麼說來我有份明天必須做完的作業呢，都給忘了。」

「明天是星期六哦。」

「……呃，糟糕，我突然好想睡覺。真的很可惜，下次有機會再聊戀愛話題吧。」

「妳想逃走嗎？」

「逃走這個詞不太好聽呢，這是戰略性撤退哦。而且一開始的目的也達成了，再會啦。」

如此說道的愛便返回自己的房間。

「她真的老是像暴風一樣離開耶。」

我在恢復安靜的房間裡自言自語地輕聲說道。

「今天哥哥有個任務。」

「輝乃，什麼事啊？」

某個假日，吃完早餐後正打算回到自己的房間時，我的妹妹輝乃雙手抱胸站在房前。

「沒聽到我剛剛說的話嗎？你有任務哦。」

「也就是妳想讓我做什麼事吧？」

「你的觀察力很敏銳耶，就是這樣。」

輝乃滿意地點點頭。

「那麼我該做什麼才好？」

「問得好。希望哥哥去一趟購物中心。」

「購物中心？」

「對，希望你去幫我拿預購的遊戲。」

試著問她要拜託我做什麼，發現不是很難的任務，只是冒出一個疑問。

「那是可以啦，不過妳不一起去嗎？」

「我……那個……對，我要讀書準備考試。」

輝乃的目光游移不定，恐怕讀書準備考試這個理由只是說得好聽，其實是不想在假日前去人潮聚集的地方吧。輝乃是不喜歡出門的人。

於是我直直盯著輝乃，她露出不安的表情。看起來應該是明白她的真心話被我發現了吧。那麼，該怎麼辦呢？

「知道了，我去吧。所以妳要告訴我領取遊戲的必要情報吧？」

「嗯！謝謝哥哥。」

輝乃開心地點頭。無法拒絕妹妹任性的我，可能有點太寵她了。我從輝乃那裡問到詳細情報後，做好準備便從家裡出發。

「幸好有順利買到。」

從家裡出發過了一小時左右之後，我平安無事地達成賦予的任務。

沒有發生什麼大問題便順利拿到輝乃在家電量販店預購的遊戲。遊戲上附著預購限定特典，輝乃似乎就是想要這個才會預購。

今天我沒有特別想買的東西，正打算直接回家時，看見出乎預料之外的人物。

「咦，清水同學？」

「……本堂嗎？你怎麼會在這裡？」

我試著呼喚，那個人正如我所想的是清水同學。
她身穿白色T恤，外搭深藍色外套，下半身穿著牛仔褲。至今為止從來不曾在學校外面遇過清水同學，覺得她的便服姿態很新奇。
「果然是清水同學，妳也來買東西嗎？」
「對，你是……」
「本堂？難道是那個本堂大輝學弟？咦，沒錯吧！是本人？」
在我詢問之後，先前沒有意識到的人叫出我的姓名。將目光轉到發出聲音的方向，那裡站著一位比清水同學稍矮一些的女性，淺茶色頭髮長及胸前，身穿淺藍色V領針織衫搭配白色長褲。由外表看來年齡應該與我們相同，頂多也只差一歲左右。
「我確實是本堂大輝，不好意思，請問妳是哪位？」
「咦？你不認識我嗎？」
「抱歉……我不太清楚。」
由那個反應看來應該是同年級或者是學姊，但我想不到她是誰。
「愛，妳的存在感很薄弱（註：日文影子薄弱有存在感薄弱之意）吧？」
「是嗎，那我們到稍微明亮一點的地方吧。」
「別試圖把物理的影子變明顯啦。」
清水同學難得開玩笑，由此看來這位名叫愛的女性和清水同學關係密切。我將與清水同學至今的對話在腦內重播一遍，這麼做讓我想起某件事。

「難道妳是清水同學的姊姊嗎？」

「喔喔，你真的認識我耶。沒錯，我是清水圭的姊姊，清水愛。可以輕鬆點叫我愛哦。」

「好的，請多多指教，愛學姊。」

之前聽說過清水同學有個姊姊，但她們的氣質完全不同，因此沒意識到她就是姊姊。

「附帶一提，愛是我們高中的學生會副會長哦。」

「咦，是這樣嗎？」

我看向愛學姊。她察覺到我的視線，不知為何對我拋了一個媚眼。

「對，我身為圭的姊姊的同時，也是你們所就讀高中的非凡超級學生會副會長。」

「不要增加無用的形容詞啦。」

清水同學用傻眼的表情吐槽。

「這樣不是很帥嗎？好吧算了，那麼大輝學弟是來這裡做什麼的呢？」

「妹妹託我來買一點東西。」

「咦，原來你有妹妹啊。現在才要去買東西嗎？」

「不，我已經買完了。」

我把手上裝著遊戲的袋子拿給愛學姊看。

「這樣啊，大輝學弟接下來還有事嗎？」

「事情都辦完了，我打算要回家。」
「若是那樣，要不要跟我們一起來呢？」
「什麼？」
過於突兀的提議讓我的思考跟不上。
「喂，愛，妳擅自在說些什麼啦。」
清水同學也因為聽到愛學姊突如其來的提議，從旁加入對話。
「因為我想和大輝學弟聊聊嘛。大輝學弟似乎也有時間，可以吧？」
「妳這麼突然提議，本堂會感到困擾吧？」
清水同學和我對上視線，感覺她在暗示我拒絕。
「大輝學弟，沒那回事對吧？」
愛學姊也將視線轉向我，感覺她在暗示我說ＯＫ。
「唔，呃……」
我自認是做選擇時不太會猶豫的人，但這兩個選項非常難選。不管選哪一邊，感覺後來都會被另一方抱怨。
「本堂。」
「大輝學弟。」
時間似乎所剩無幾，我做出抉擇。

「幸好人沒有很多呢。」

我和清水姊妹來到購物中心內的一間家庭連鎖餐廳。距離中午還有一段時間，不必排隊就有座位。

至於座位是清水同學與愛學姊相鄰而坐，我坐在清水同學對面。

我最後決定和清水姊妹一起去買東西。因為愛學姊是年長者，而且我覺得清水同學肯定會原諒我。

「機會難得，我們稍微提早一些時間吃午餐吧。我要點起司漢堡排。」

「我點明太子義大利麵。」

「咦？圭，妳不點平常的鬆餅嗎？」

「妳閉嘴。」

原來清水同學平常在家庭餐廳會點鬆餅啊。當我想著這好像有點令人意外時，便和清水同學四目相對，她狠狠瞪著我。

「你有什麼意見嗎？」

「沒那回事，鬆餅很好吃呢。」

「對啊對啊，鬆餅很棒呢。圭，妳真的要點明太子義大利麵嗎？」

「……我點鬆餅。」

「ＯＫ～鬆餅一份。大輝學弟要點什麼？」
對耶，我完全忘記要點自己的份了，趕緊看菜單。
「那麼我點培根蛋黃義大利麵。」
「知道了，了解。」
愛學姊叫來店員，幫我們三個人點餐。等候餐點時，愛學姊開始了對我的提問時間。
「大輝學弟有幾個兄弟姊妹？」
「我和妹妹兩個人。」
「剛剛提到你有妹妹，你妹妹叫什麼名字呢？」
「光輝的輝，乃木坂的乃，她叫做輝乃。」
「是個好名字呢。輝乃可愛嗎？」
「因為是家人，用偏心的眼光來看，我覺得可愛。」
「原來如此，那她和圭誰比較可愛？」
「喂。」
清水同學反射性地插嘴。愛學姊說不定喜歡讓人感到困擾。我該怎麼回答才好呢？
「嗯，清水同學在我心中的印象比起可愛，更偏向漂亮呢。」
雖然不能成為問題的正確答案，但要在不說謊的範圍內回答的話，也只能這樣說。
我若無其事地看向清水同學，她面對其他方向，看不見她的表情。

「圭！大輝學弟覺得妳漂亮耶，太好了呢！」
愛學姊親暱地摸摸坐在隔壁的清水同學的頭髮。
「很煩耶，不要摸我的頭髮，會亂掉。他是覺得困擾才這麼回答吧？」
清水同學硬是拉開愛學姊的手。
「大輝學弟，沒那回事吧？她害羞了，真是個可愛的傢伙呢。」
「哈哈哈……」
「那麼下個問題，你放假都在做什麼呢？」
「基本上都待在家裡。看漫畫或是和妹妹玩，時間搭得上也會和朋友玩線上遊戲。」
「你是室內派呢。」
「我不太擅長活動身體。」
「這樣啊，活動身體會很開心，偶爾為之說不定也不錯哦？下一題，你算是味覺接受範圍大的人嗎？」
「味覺接受範圍？」
這是我沒聽過的說法，是指有沒有討厭的食物之類的嗎？
「我不知道理解得正不正確，家人和朋友常說我不挑食哦。」
「所以你才能連那種暗黑物質都吃得下嗎？」
「喂。」

「暗黑物質是指？」

清水同學再次插話。暗黑物質是指什麼呢？

「沒什麼，是我個人的事。接著……都是我在提問也不太好，大輝學弟有想問的事嗎？」

「問問題嗎？」

突然這麼問我，一時之間也想不出問題。

「你不用那麼煩惱也沒關係，像是喜歡的食物啦，喜歡的科目啦，這些事情都可以問哦。要是沒有問題想問，說點想說的話也可以。」

說不定是我想得太複雜了，決定把想到的事情直接說出口：

「雖然這不算問題啦，妳們姊妹一起來買東西，感情很好呢。」

聽到我這麼說，愛學姊的嘴角微微上揚。

「果然看在大輝學弟眼裡也是這樣啊。我們是最強的相親相愛姊妹哦！」

愛學姊猛然抱住清水同學，清水同學則是感覺很麻煩地想要推開她。

「誰是最強的相親相愛姊妹啊！快點放開我，很熱耶！」

「圭真壞心～可以對我稍微坦率一點哦。」

「我已經十分坦率了。快點放開，這是什麼吸引力啊。」

最後清水同學花了數十秒，才讓愛學姊回到原位。

「真是的，圭好無情啊。」

「吵死了，不要當著人家的面抱我啦。」

「所以妳想在只有兩人獨處的空間親密接觸嗎？圭不管幾歲，都很愛撒嬌呢。」

「真是夠了，我那樣說，妳就只會跟我唱反調。」

「呵呵。」

清水姊妹合拍的對話讓我忍不住笑了出來。

「你在笑什麼？」

「大輝學弟是看到我們美人姊妹花令人莞爾的好關係，才忍不住笑出聲啦。」

「不要若無其事地自稱美人。」

「我們如果不是美人，妳說誰才是啊！大輝學弟，你也是這麼認為的吧？」

「是、是的。」

由於被施加壓力，我不禁反射性地點頭。她們兩人都是美人的確也是事實。

「妳這不是強迫人家這麼說嗎？」

「沒那回事哦，這是他的真心話。不行，離題了。大輝學弟有什麼其他想問的嗎？」

對耶，聽著她們姊妹一來一往我都給忘了，這麼說起來，剛剛有說到這個。

「嗯……想問的事情嗎……」

「也是啦，突然被問會想不到呢。那麼再由我來發問吧，接著要問什麼呢……」

愛學姊擺出用食指抵住額頭思考的姿勢。

「我有靈感了！不過這個問題可能太冒犯了……」
「如果在有辦法回答的範圍內，我都會回答哦。」
「是嗎？那我就問了。先來記直拳，大輝學弟喜歡什麼類型的女孩子呢？」
「喜歡的女孩子嗎……」
我的腦中瞬間掠過俊也的臉。世界上的高中生都是比我想像更加熱衷戀愛話題的生物吧。
「對！大輝學弟也是適齡的男生，我想你會不會喜歡女孩子的哪種地方之類的。」
「原、原來如此。」
「怎麼樣呢？要是一時想不到，可以給你思考的時間哦。」
「沒問題。不久前才和朋友聊過類似的話題。」
「是嗎？那麼我再問一次，大輝學弟喜歡怎麼樣的女孩子呢？」
「我喜歡清純的女孩子。」
愛學姊瞬間將視線移向清水同學，笑了一下後又將視線轉回我身上。
「哦～大輝學弟喜歡的類型是清純的女孩子啊……原來如此，原來如此。」
愛學姊又饒富深意地看向清水同學。
「怎、怎樣啦。妳想說什麼就說啊。」
「不，沒有啊。硬要說的話，只覺得我妹妹真的很值得讚許呢。」
「妳給我記住。」

清水同學握緊拳頭。

「好好，那麼下一個提問，我先說下個提問要是覺得難以回答，可以不用回答哦？」

「我、我知道了。」

愛學姊會這麼事先確認，到底是打算提出什麼樣的問題呢？

「我直接問了，至今為止你有過戀人嗎！」

來了個完全出乎意料的問題。確實就像愛學姊剛剛說過的一樣，是相當隱私的疑問。因人而異可能會很難回答。當我思考著該怎麼回答時，不經意和清水同學對上眼。

「怎樣啦？」

清水同學狠狠地瞪視我。

「不，以清水同學的立場看來，現在的時間會不會有點無聊呢？」

從剛剛開始一直都是愛學姊提問我回答的狀態。愛學姊不知為何似乎對我相當感興趣，對清水同學來說，她應該對我沒有興趣，只是剛好有空聽聽而已吧。

「咦～沒那回事吧，圭。雖然妳假裝冷淡，內心卻因為能聽到大輝學弟不為人知的事，而心跳加速到快要爆炸了吧？」

「不要擅自代言別人的心聲。」

「那麼真實情況是怎樣呢？」

「呃……我不會無聊。」

清水同學不知為何不願意與我對上視線，但是看起來不像在說謊。
「看吧，她對大輝學弟的事情也充滿興趣哦。」
「我沒有說到那種地步吧！」
「看在姊姊眼裡就像是這麼說啊。」
「妳也太瞎了吧！那麼本堂，你對剛剛的問題的回答是什麼啊？」
「問題？」
「你已經忘了嗎？你、你有沒有交過女朋友這個問題啊。」
我確實有印象剛剛在聊這件事。但是為什麼呢，今天聊天的話題很快就偏離主題，得在又忘記話題前趕緊回答才行。
「至今為止我不曾和任何人交往哦。」
「是、是嗎……」
清水同學用手遮住嘴巴，無法辨認她的表情，但從聲音聽起來，感覺她莫名放心了。
「若是那樣，圭也沒有和人交往的經驗，你們一樣呢。」
「喂，不要隨便洩人家的底。」
清水同學瞪著愛學姊。清水同學很漂亮，和她在一起時也很開心，所以至今為止她都沒有和人交往的經驗這件事，老實說令我感到吃驚。
「既然聽見人家的祕密，就得把自己的祕密也說出來才行吧。」

「妳根本沒做到這種事吧。」

在聊著這些話題時，我們點的餐點也依序送了上來。

「哎呀，果然這裡的起司漢堡排是最好吃的。」

「妳之前才說過這裡的豚骨拉麵最好吃吧？」

「最好吃的東西可以有好幾樣啊。」

「……啊，是哦。」

用完餐後，我們加點飲料吧，依然待在家庭餐廳裡。

距離午餐時間還有點早，店裡仍有空位。

「對了，剛剛問到一半就停下來了，我還可以發問嗎，大輝學弟？」

「好，沒問題。」

「不想回答的問題，你可以不要回答哦。」

「真是的，圭，我不會問那麼難回答的問題啦。」

剛剛問到輝乃和清水同學誰比較可愛這個問題有點難回答呢，但是對愛學姊來說，她似乎判斷沒有問題。

「那麼我要問……」

「我去拿飲料。」

清水同學打算離開座位而起身的時候，愛學姊一把抓住她的手臂。
「什麼啦，妳繼續問啊。」
當我還想著愛學姊會一直盯著清水同學時，她用另一隻手拿起杯子。
「也幫我拿。」
「那點小事自己去拿。」
「咦～妳就答應姊姊的請求嘛。」
愛學姊不滿地嘟起嘴巴，搖晃清水同學的手臂。
「為什麼我非得答應妳的請求啊。」
「咦，圭竟然說出那種話。啊，哎呀，好像有什麼話要冒出來了。便、便、便什麼呢，都已經說到這裡了……」
愛學姊放開抓住清水同學的手，取而代之的是用食指比著自己的太陽穴。
「便？」
由「便」開始的詞語，我只想得到便當這個名詞，曾經發生什麼跟便當有關的事情嗎？
「喂，妳稍微安靜點。知道了，我去幫妳拿飲料。」
「謝謝，那麼幫我拿薑汁汽水。」
「……愛，回家後妳給我等著瞧。」
「真不愧是我親愛的妹妹，溫柔到我都要流眼淚了。」

「我絕對不會原諒妳的。」

留下這麼一句話，清水同學便拿著兩個杯子走向飲料吧。

「這樣沒關係嗎？」

「沒關係，沒關係，圭不管怎麼樣都很溫柔，她會原諒我的。」

真的是這樣嗎？最後我所見到的清水同學的表情，實在看不出來會溫柔待人呢。

「不管那個，我可以繼續問嗎？」

「可以哦。」

「你覺得圭怎麼樣？」

愛學姊露出自從遇到她之後從未見過的認真表情。

「妳問我覺得清水同學怎麼樣嗎……」

「對，就算是簡短或者不能順利表達都可以，希望你不要說謊也不要試圖蒙混地回答。」

我根本不知道什麼是正確答案，唯一能確定的是在這裡不能說出隱瞞真心的發言。既然愛學姊認真發問，那我也必須認真回答。

「我覺得清水同學是個溫柔的人。」

看向愛學姊，從她的表情無法看出她在想什麼。

「原來如此，為什麼你會這麼想呢？」

「我想妳應該有聽說過，我和清水同學從一年級開始就一直同班。然後在換座位之後坐到隔壁，才開始有機會交談，我發現清水同學很擅長傾聽。在我說話時她不會打斷對話，聽我說完之後還會好好地回答。」

「對啊對啊。」

愛學姊點頭，不知是否是我多心，她的表情看起來很高興。

「如果沒有打算好好聽人說話，我想是做不到那樣的。從這種地方可以看出清水同學既溫柔又認真。」

「溫柔我能懂，認真又是怎麼回事呢？因為直到不久前她都還無視校規染成金髮哦？」

「那件事由清水同學的個性來看，應該有自己的理由吧。那樣能夠堅持己見之處，也是她的優點不是嗎？」

「原來如此呢，我明白了。那麼可以再問一個問題嗎？」

「好的。」

她到底會問什麼呢？我忍不住屏住呼吸。

「為什麼你會待在圭的身邊呢？」

「那是……什麼意思呢？」

這句話也可以當成是在警告我不要接近清水同學，但從愛學姊的表情看來，感覺她沒有那種意思。

「這個問法聽起來有些刺耳吧。圭從一年級開始在班上就特立獨行這件事，就連我都知道哦。所以我在想大輝學弟為什麼會願意待在圭的身邊呢？」
原來是指這個啊，那我的回答應該以簡潔為好。
「因為我放不下她。」
「那是出自於同情嗎？」
愛學姊用有點不安的眼神看著我，看來是我的說明不夠。
「不，不是的。正如同我剛剛說的，和清水同學說話很開心。所以我放不下清水同學，是因為她是個有趣的人。想和相處時感到開心的人在一起，是很正常的事不是嗎？」
愛學姊睜大雙眼，對話就此停止，可以清楚聽見周遭說話的聲音。接著愛學姊打破沉默。
「謝謝你認真回答我，這就是現在的你的回答呢。」
「是的。」
聽到我的回答後，愛學姊轉為柔和的笑容。
「啊～認真模式真累，果然還是不要裝成認真的姊姊吧。」
「請問……到剛剛為止的提問是？」
轉變成容易說話的氣氛之後，我試著詢問剛剛那些提問的意圖。
「啊，你感到在意吧。中學時的圭相當受到歡迎哦，所以有各種人來追求她，然而其中沒有任何人打算去看圭的內在。」
中學時的清水同學很受歡迎這件事讓我有點吃驚，不過試著想一想，清水同學溫柔有趣又漂亮，這也不是沒有道理。愛學姊繼續說道：

「我從圭那邊聽到大輝學弟的事，擔心你有沒有好好看見圭的內在，因此才會提出那些問題，抱歉呢，我很壞心眼。」

「不，沒關係的。」

也就是說，直到剛剛的提問都是因為擔心清水同學才提出的吧。

「謝謝，然後很抱歉，最後可以再拜託你一件事嗎？」

愛學姊再次露出認真的神情。

「什麼事？」

「自從恢復成黑髮之後，我開始聽到覺得圭挺不錯的聲音哦。圭中學的時候，直到畢業前都是由我牽制有那些想法的人，但我現在因為學生會的事情忙不過來。注意圭的人裡頭也有風評不是很好的人，我很擔心。」

原來如此，我明白事情的來龍去脈了。愛學姊是不希望清水同學遇到危險的事情吧。

「那由我來擔任像是清水同學的保鑣的工作就行了吧？」

「不，若是那樣大輝學弟可能也會受傷吧，那不是我和圭所希望的，所以希望大輝學弟不需要做到片刻不離，不過還是儘量待在圭的身邊吧。」

「我只要待在她附近就行了嗎？」

確實要是發展成會受傷的事態，不能保證身為回家社而且平常不太運動的我能守護清水同學到最後。

「喜歡的異性身邊有其他同性，我認為光是這樣就有相當程度的抑制力了。」

「原來如此。」

我沒有經驗所以不曉得，原來是那麼一回事。

「你願意接受嗎？」

「關於這件事，我可以拒絕嗎？」

「咦！」

愛學姊看起來是打從心底感到驚訝，可能是我說明得不夠清楚。

「不，不是的。我喜歡和清水同學說話，所以要是被認為是出於拜託而待在她身邊，該說是有點不樂意嗎……因此可以請愛學姊當成沒拜託過我這件事嗎？就算沒被拜託，只要清水同學沒說討厭，我肯定會待在她身邊。」

愛學姊聽到我的話，顯得鬆了一口氣。

「啊～原來是這樣，太好了～還以為因為我的壞心眼害得圭被你討厭，感到很焦急呢。」

「抱歉讓妳擔心了，這件事可以當成妳沒拜託過我嗎？」

「好，那點完全ＯＫ哦。」

「什麼ＯＫ啊？」

我轉頭面向聲音傳來的方向，拿著兩個杯子的清水同學站在那裡。

「這是……我和大輝學弟的祕密。」
愛學姊朝著清水同學拋媚眼。
清水同學一邊皺眉，一邊將杯子放到自己和愛學姊的面前並坐下。
「……算了，妳要薑汁汽水吧？」
「對，謝謝。話說妳有點慢呢。」
「飲料吧排隊的人比想像中還多。」
「這樣啊，真辛苦呢。」
「妳要是這麼想，下次就自己去裝。你們剛剛在聊什麼啊？」
「那肯定是在聊圭的可愛之處啦。」
愛學姊光明正大地說謊，看來她是打算把剛剛我們兩人的對話保密。
「什……！」
「小時候妳總是向媽媽撒嬌要最喜歡的甜點啦，小學時期看了恐怖電影覺得害怕就會來我的房間啦，其他還有……」
「已經夠了，妳不要再說了。」
「現在才想讓我停下來是沒用的，圭的可愛過去我早就從頭到尾告訴大輝學弟了哦。」
「喂，本堂，把你剛剛聽見的全部忘掉。」
「我、我努力……」

打從一開始就是愛學姊的謊言，我完全沒聽到清水同學的可愛過去耶。
「絕對要忘掉哦，而且我現在就算看恐怖電影也沒關係哦。」
清水同學隔著桌面把臉靠過來，說著謎之辯解。
「清水同學，臉有點近……」
或許是聽到我這麼說才注意到，清水同學迅速和我拉開距離。
「哦哦！圭好主動啊。」
愛學姊露出壞心的笑容看著清水同學。
「別說得我好像是故意的。」
「圭小姐又來了，我都明白的。」
愛學姊拍了拍清水同學的肩膀。
「妳別露出一副明白的表情啦！」
清水同學的叫聲響徹家庭餐廳。

第六章 與清水姊妹一起購物

離開接近中午人開始變多的家庭餐廳，我和清水姊妹坐到購物中心的長椅上。

「那麼，肚子也填飽了，我們要前往目的地了嗎？」

「這麼說來我還沒問過，今天愛學姊妳們的目的地是哪裡呢？」

雖然我得到同行的許可，但是還沒確認要去哪裡。

「哎呀，我沒說嗎？今天是來買我和圭的衣服喔。」

「咦？」

那樣我跟著去也沒關係嗎？

「如果要買衣服，果然會想聽異性的意見吧？我平常總是帶著青梅竹馬過來，今天他說有事沒辦法來所以拒絕了。還在想著該怎麼辦時，剛好遇到了大輝學弟。」

「原來是這樣嗎？不過我不太了解衣服的好壞，不知道能不能幫上忙耶？」

這是我毫無偽裝的真心話。老實說，我在假日老是像今天一樣穿著連身帽T，完全不了解什麼樣的衣服是好的。

「你不用那麼緊張哦。我的青梅竹馬不管我穿什麼，總是只回一句這件還可以吧……」

「哈哈……」

我忍不住發出乾笑聲。為什麼呢，從愛學姊的笑容中感到些許黑暗，感覺愛學姊的眼中瞬間失去光芒。

「因此就算你不在意流行時尚也沒關係，而且圭也想讓大輝學弟幫忙看衣服吧？」

愛學姊看向清水同學，徵求同意。

「不過要說的話，她覺得還是請大輝學弟幫忙看會比較開心。」

「……我都可以。」

「不要隨便幫人加台詞。」

「我本來就打算要一絲不差地解讀圭的心呢。」

「妳連一公厘都沒有說中。」

清水同學用冰冷的眼光瞪著愛學姊，只是愛學姊完全不在意。

「我覺得自己的讀心能力能得到合格分數呢，不過好吧。圭說都可以，也是說她願意讓大輝學弟看吧？那麼就得到全員的同意了，我們趕快走吧。」

「妳說要趕快走，我們不是說要各自去常去的店鋪嗎？」

「是這樣嗎？」

我第一次聽到這個情報。打從一開始就以為她們兩人預定要去同一家店購物。

「原本是這樣沒錯，但聽了大輝學弟的話之後改變方針，大家一起去我常去的店吧。」

「為什麼啊？」

「因為圭常去的店的衣服不能說是清純，主要都是中性帥氣的衣服嘛。接下來要去的店從可愛的衣服到清純的衣服應有盡有，這樣對妳來說也比較好不是嗎？」

「什……！」

愛學姊不知為何看向我。清水同學也瞥了我一眼，與其說是瞥，應該說是瞪。

「好！看來似乎沒有人反對，現在就出發吧！」

隨著愛學姊的一聲令下，我們開始行動。

我和清水姊妹往購物中心內主要販售衣物的區域移動。

這裡多少有些一男一女的雙人組合，但幾乎沒有一男二女的三人組合。

可以感受到來自周遭的視線，應該不是我想太多吧。

愛學姊剛剛似乎是半開玩笑，不過從客觀看來清水姊妹不管哪一位都是美人。要是有男性和這樣的兩人一起走著，周遭眾人當然會注意。

「那個，愛學姊，我感到有點不自在……」

總之我試著朝位於清水同學右手邊的愛學姊稍稍表達抗議。

「不自在？」

愛學姊環視周遭一圈。

「是這樣嗎？你可以不用在意哦，其他的客人應該只是對能夠和兩個可愛女孩走在一起的幸運男孩感到有點好奇而已吧。」

「就說了不要說自己可愛。」

站在我右邊的清水同學迅速吐槽。

「說又不用錢，沒關係啦。不要再說這件事了，到達店鋪了，我們趕快進去吧。」

如此說道的愛學姊不等我和清水同學說話就自行先進店內。被丟下的我看向清水同學。

「你就認命吧，待在店裡視線應該會變少。我們也趕快進去吧。」

清水同學只說了這句話就往店裡走去。

「等等我啊，清水同學！」

我連忙跟在清水同學的身後。

「喂～圭還有大輝學弟，試穿第一戰決定好了，來試衣間吧～」

進入店裡，店鋪深處傳來愛學姊的聲音，她似乎已經決定好一開始要試穿的衣服了。

「清水同學，妳知道試衣間的位置嗎？」

「知道，我被愛帶來這裡好幾次，跟我來。」

清水同學幫我帶路，往試衣間走去。

「喂，愛，我們來了。」

來到試衣間前方，我和清水同學找到門簾緊閉的試衣間。

「真虧你們能找到這裡，幸好你們找得到。」

「我已經配合妳找到了，可以回家了嗎？」

「等等啊？超凡美人的姊姊要換衣服變身究極美人哦。看一下嘛？」

「美人美人的很吵耶，要是想讓我看就快點拉開門簾！」

「妹妹好冷淡我好難過，不過沒關係，門簾開啟！」

伴隨著這個聲音，試衣間的門簾同時猛然拉開。

「怎麼樣呢？」

在T恤上披一件略大的黃色開襟毛衣的愛學姊就此現身。下半身是白色迷你裙，似乎在展現腿部曲線竟然能這麼美。

「我試著以黃色開襟毛衣搭配白色迷你裙！」

「莫名心機，減五億分。」

「不但敷衍還極度不講道理！圭的嘴太毒，我又要哭了。」

「妳嘴上這麼說，卻從沒哭過吧。」

「我的心在哭泣啊。大輝學弟覺得如何？」

對了，我必須說點有參考價值的意見。

該說什麼才好？感覺要是老實說出腳很美，會令人退避三舍。

不過我從不曾對妹妹以外的女性穿著給過意見，也不清楚該從哪裡稱讚起。世上的男性是

怎麼對女性的衣服表達意見的呢？
「哎呀，大輝學弟有在聽嗎？」
「有、有的，請等我一下。」
時間已經不夠了，我決定用貧瘠的語彙盡可能傳達感想。
「我覺得明亮色系的開襟毛衣很適合愛學姊，該怎麼說，平常妳給人漂亮的印象，這樣讓人覺得可愛。」
店內一片寧靜。愛學姊聽到我的意見之後會怎麼想呢？
「我說圭啊，妳聽見了嗎？他說開襟毛衣適合我，而且這樣讓人覺得可愛耶！我被大力稱讚了喔！」
太好了，愛學姊很開心。這要不是她的演技太好，應該就是對我的意見感到滿意吧。總之我放心了。
「本堂，你剛剛一直盯著愛的腳吧？」
當我放心下來後，卻在意想不到的地方被告發了。為了不讓人認為我一直盯著腳，還儘量不提到迷你裙，清水同學竟然看得一清二楚。
「大輝學弟，真的嗎？」
愛學姊直直地看著我。
感覺無法推託，雖然也沒打算推託。

「是的，清水同學說得沒錯。」

我是忍不住看過去的，但覺得事到如今也沒有辯解的餘地。

愛學姊瞬間露出認真的表情，立刻又恢復原本的笑臉。

「ＯＫ啦～因為你無法抵抗我兼具可愛與成熟的魅力啊。」

我鬆了一口氣，就像是逃過被判有罪一樣。

「……這傢伙，之前也一直盯著我的腳看哦。」

「清水同學！」

確實之前的美術課時間時，我曾經盯著清水同學的腳。只不過一直以為清水同學早已忘記那時候的事情了。

「大輝學弟，圭剛剛說的是真的嗎？」

「……沒有錯。」

不知是不是我多心了，愛學姊用比剛剛更加冰冷的眼神看著我。愛學姊短暫用那種眼神凝視我之後，又露出了笑容。

「我就原諒你吧。圭的腳很結實，有著和我不同的美感呢。大輝學弟會看得入迷也是沒辦法的事。」

在清水姊妹腦中，我似乎已經完全被當成腳控了。

「那樣就算了嗎？」

「我的心如同大海般廣闊，如果是被大輝學弟看到，圭也不在意吧？而且這也肯定是我會贏得勝利。」

「妳贏得什麼勝利啊？」

清水同學將疑問說出口。老實說我也搞不清楚。

「妳問什麼，就是比賽我們誰能挑選大輝學弟喜歡的衣服的對決哦。」

「隨便妳自己去比吧。」

清水同學像是在說「誰要做這種事啊」般，對著愛學姊冷言冷語。

「咦～」

「怎、怎樣啦。」

愛學姊不知為何，臉上浮現相當壞心的笑容。

「圭沒信心吧？不管再怎麼說是非凡姊妹，姊姊與妹妹之間就是天差地遠啊。所以即使是圭也會想在分出勝負之前逃跑呢。」

她在搧風點火，明顯是在挑釁。清水同學不可能會被這種簡單的挑撥……

「……行啊。」

「咦？」

「行啊！我就跟妳比個高下！」

（清水同學，妳上當了啊！）

清水同學比我所想的更不擅長應對挑釁。我們班上沒有人會挑釁清水同學，所以我不知道。這是個全新的發現。

「呵呵呵，我就覺得妳會接受挑戰。看誰能挑選出大輝學弟喜歡的衣服，對決的規則很簡單。試穿之後最後能讓大輝學弟表示適合的人就贏了。試穿機會是每人兩次，所以我只剩一次呢。那麼就定位，準備〜開始！」

伴隨著這聲號令，清水同學從我的視野中消失了。

「愛學姊，妳為什麼要對清水同學說那種煽動的話呢？」

我向似乎游刃有餘地還待在試衣間的愛學姊投以疑問。如果是愛學姊，應該知道假如那樣講，清水同學就會接受挑戰。

「我希望圭偶爾也能買些和平常不同氛圍的衣服。」

「言下之意是？」

「她平常只穿中性的衣服啊。確實很適合帥氣的衣服，但圭也有漂亮和可愛的一面啊，所以會想讓她偶爾也穿些能夠展現這一面的衣服吧？所以才會發起這個比賽。這間店就如同我剛剛稍微提到的，有很多可愛風和漂亮風的衣服，我覺得剛好合適呢。」

「原來如此，有這層意圖在其中呢。」

愛學姊似乎有她自己的考量。

「我也只是單純有點想看圭穿和平常不同的衣服啦，所以我也差不多該去尋找試穿的第二件衣服了哦。」

愛學姊說完這些話，就拉上試衣間的門簾。這時我冒出一個疑問。

（咦，她們兩人在挑選衣服時，我該怎麼辦才好呢？）

這個疑問沒有獲得解決，結果是在兩人都決定好要試穿的衣服前，我都得在店裡度過無意義的時間。

「好，看來圭也選好幾套衣服了。」

「嗯，別到現在才哭喪著臉哦。」

稍微經過一段時間後，我們三人來到店裡相鄰的兩間試衣間。幸好其他客人很少，似乎就算試穿稍微花多一點時間也沒問題。

「我已經試穿過一次給你們看了，這次換圭。」

「知道了。我要換衣服，先把門簾拉上哦。」

清水同學所在的試衣間拉上門簾。

「一想到圭正在那裡頭換衣服，你會不會心跳加速呢？」

大概是很閒吧，人在隔壁試衣間裡的愛學姊對我說道。

「我聽得到哦。本堂，你要是做了奇怪的想像我可不原諒你。」

在我想像以前就被警告了。如果被異性想像自己脫衣服的畫面，確實會很討厭吧。

「不要剝奪想像的自由！」

不清楚是在替誰表達心聲，愛學姊出聲抗議。

「那不能說是想像，該說是妄想吧。真是的，我已經換好衣服嘍。」

「咦咦，也太快了吧？妳是快速換裝的高手嗎？」

「為什麼妳好像覺得有點可惜啊。我要拉開門簾了哦。」

門簾拉開，那裡站著的是穿著綠色女用襯衫的清水同學，她下半身穿著米色長裙，與方才的愛學姊相比，較不強調腿部。不過這和她今天穿的帥氣便服有反差，我稍微有點怦然心動。

「……喂，說點什麼啊。」

「圭，妳敗給羞恥心了嗎？」

當我正在思考評語時，愛學姊一邊竊笑一邊對清水同學說道。

「啥？怎、怎麼突然這麼說啊。」

「確實綠色的女用襯衫與米色波浪長裙的組合很相襯。不過圭小姐，我可是看到了哦，妳的購物籃裡也放了迷你裙呢。從看我試穿時的反應妳知道迷你裙的接受度很高，但不穿的理由只有一個，因為妳穿迷你裙會害羞吧？」

「什……！」

清水同學的反應像是被說中了。

「真是可愛的妹妹啊，但勝利就由我收下了哦。」

愛學姊將右手握拳往上舉，露出耀武揚威的表情。

「還、還不知道結果吧？」

「目前暫且如此啦，大輝學弟，把你的感想說給她聽吧。」

不知為何，我好像變成愛學姊的部下或手下之類的。

「好、好的。現在清水同學穿的女用襯衫和長裙的搭配很沉穩，還略帶成熟女性的感覺，我覺得很好。」

「……哦，嗯。」

清水同學用柔弱的聲音回答我。被她回以這樣的反應，我也變得不知道該怎麼應對。

「但敵不過我沒有穿襪子的美腿。」

「他沒說那種話吧。話說若是那樣，贏的不是妳挑選的衣服，而是腿不是嗎？」

「喪家之犬在吠呢。」

對於如何挑釁清水同學這件事，地球上應該無人能出愛學姊其右吧。

「誰是喪家之犬啊，咬妳哦。」

「要是能被圭咬，我得償所願啊。那麼大輝學弟，目前你比較喜歡哪一邊的衣服呢？」

該怎麼做才能防範愛學姊突如其來的炸彈發言呢。

「我覺得不論哪邊都有各自的優點，所以難以決定……」

「大輝學弟，溫柔有時候比什麼都傷人哦？來吧，說出你的真心話！」

「先不管愛的發言，這是比賽所以一定要選出勝者。」
其實我真心覺得哪邊都很好，但是看樣子必須在這裡當場決定才行。
「可以再看過一次妳們的試穿之後再決定嗎？」
困擾的我選擇推遲決定的時間，既然最後都一樣得選，至少想再看一次。
「也是呢，一開始就是這樣講好的，等再試穿一次再決定吧。」
「既然愛這麼說，我也可以。」
就這樣，對決進入下一輪。
「剛剛是我先的，下一次就讓圭先來吧。」
「知道了，這次換我先來。」
清水同學再次拉上門簾開始換裝。
「幾乎已經確定是我勝利了，圭小姐會怎麼做呢？會穿上迷你裙嗎？或者說迷你裙被我穿過之後，我覺得衝擊度會稍微減弱呢。」
「愛學姊說這些話是在立旗嗎？」
只要對比賽對象說出自己肯定會贏，在漫畫的世界裡便會直通落敗之路。
「沒問題，到了我這種程度，已經能夠一手承包從旗子的製造到破壞了。」
「如果旗子會折斷，那麼從一開始就不要立。」
「圭，妳已經換好衣服了嗎？」

「對啊。」

如此說道的清水同學稍稍拉開門簾，只伸出脖子以上的部分。

「妳在害羞什麼？啊！難道妳穿得比我還暴露！」

「當然不可能有那種事吧。我只是因為穿著幾乎不曾穿過的衣服款式感到不習慣而已。」

「妳已經穿好了吧，那不就好了，來，打開！」

「呃，喂！」

愛學姊奪走清水同學緊緊抓住的門簾，直接拉開。

那裡是身穿純白連身裙的清水同學。

「怎麼會……」

愛學姊看了清水同學的打扮之後，屈膝跪地。

「這是沒有露出肩膀等地方的簡單款式白色連身裙，所以反而更能襯托圭本身的優點。我妹妹真是棒呆了。」

「怎麼好像有點高高在上啊，本堂覺得怎麼樣……本堂？」

「啊，抱歉。」

我不禁回過神來。被清水同學的連身裙打扮奪走了目光，什麼都無法思考。

「你不用道歉也沒關係。怎麼樣？」

我緊急讓頭腦全速運轉，但是再怎麼思考也想不出適合描述現在的清水同學的詞彙。

「果然不適合我嗎……」

清水同學的表情帶著平常看不見的憂愁情感，我不想讓她露出這種表情，因此沒有多想就開口：

「很適合妳。」

「本堂？」

「那件連身裙非常適合清水同學哦，很漂亮。」

「你、你在說什麼……」

清水同學的表情變了，從她的表情我只能理解到她已經不傷心了。

「圭，太好了呢，他說漂亮哦。」

「妳不要重複。」

再次看向清水同學的臉，感覺變得比平常更紅一些。

果然這副打扮對清水同學來說，是需要勇氣才能讓別人看的吧。

「清水同學的臉很紅，還好嗎？」

「你以為是誰害的……」

「她沒事哦。只是沒有用言語表達的部分，她的肌膚坦率表達了而已。」

在清水同學的話還沒說完前，愛學姊便幫她回答了。

後半段我有點無法理解，既然愛學姊說沒問題，那她應該沒事。

「你們在說什麼啊，我要換衣服了。」

如此說道的清水同學拉上門簾。

「咦咦，已經結束了嗎！我還沒用手機拍下圭穿連身裙的樣子啊！」

清水同學沒有回答。過了一會兒門簾再次拉開。

那裡站著換回原本中性衣服的清水同學。

「啊～真的換回去了。圭穿連身裙的樣子極為罕見耶……」

愛學姊邊說邊擦拭不存在的淚水。

「接下來換愛了，快點換衣服啦。」

「我已經無所謂了。」

愛學姊愣在原地說道。

「啥？」

「剛剛圭穿連身裙太強了，我感受不到勝算，投降。我輸了！」

「這樣妳可以接受嗎？」

「對！能夠看見圭穿連身裙，我已經太過滿足，沒有遺憾了哦！」

確實從愛學姊的臉上看不見一絲後悔。

「……我沒有贏了的感覺。」

清水同學一邊這麼說，一邊將連身裙拿在手上往收銀台的方向走去，接著當我想著她結帳真快時，又回到我和愛學姊所在的試衣間前方。

「咦，圭，妳買了那件連身裙嗎？」

「對啊。」

「什麼嘛，那妳早說啊。我剛剛豈不是白哭了嗎？這樣一來不論何時何地都能盡情欣賞圭穿連身裙的樣子了！」

「不要說那麼噁心的話。話說回來妳打從一開始就沒哭吧。而且我也沒打算要那麼頻繁穿這件裙子啊。」

清水同學有一半是認真感到退避三舍吧。我正這麼想時，瞬間和清水同學對上視線。

「你也有什麼話想對我說嗎？」

「那件連身裙很適合清水同學，如果妳也喜歡那就太好了。」

「什……！你又理所當然地說出那種話……我可不是因為你說適合才買的哦！算了，我已經買好了，之後只要等愛選好衣服。」

「我也已經決定好了喲？」

「咦？」

「我決定買這件！」

仔細看向愛學姊，發現她抱著一開始試穿的開襟毛衣。

「那件迷你裙不買嗎？」

「我明白要是自己穿上那件裙子，會有讓世上的男性神魂顛倒的危險性，這次決定先算了喔。」

愛學姊對著我的方向拋個媚眼，幾乎在此同時，清水同學往我這邊瞪過來。

「哈哈……」

清水姊妹都對我投來目光，我只能苦笑。

「……如果愛覺得那樣可以，我也可以。東西要是買完了，我們就走吧。」

以清水同學的這句話為契機，我們離開那間店。直到現在我的腦中不知為何還是鮮明留著清水同學穿連身裙的樣子。

「今天的目的到此完成了，接下來要做什麼？」

「咦？妳以為我為什麼要早點選好衣服呢。」

「我哪知道啊。」

先不論清水同學的回答，我也想知道理由。

「當然是為了讓我們三個人盡情遊玩啦！」

「啥？」

看來與清水姊妹的購物中心逛街依然要繼續下去。

「來到電子遊樂場了，這個地方一直在呼喚我。」

「沒人呼喚妳哦。」

買完清水姊妹的衣服後，我們三人來到購物中心裡的電子遊樂場。因為是假日的關係，人潮洶湧。

「那麼要從什麼開始玩呢，你們兩位有什麼想玩的遊戲嗎？」

「我沒有特別想玩的。」
「我也沒有。」
「原來如此，那麼首先去玩我經常玩的，能夠大家一起玩的遊戲吧！」
愛學姊的眼睛閃閃發光，她應該是相當樂在其中吧。
「是能夠讓三個人一起玩的遊戲嗎？」
「那當然！你們就當成搭乘大船跟我來吧。」
「那艘船該不會是泥巴做的船吧……」
我和清水同學半信半疑地跟在愛學姊的身後。
「首先要玩的遊戲是……這個！」
「喂，這是什麼？」
「妳還問，看了就知道吧，是氣墊球啊。」
確實如同愛學姊所說的，我們眼前的是氣墊球。記得這個遊戲是使用叫擊球器的東西將叫氣墊球的塑膠圓盤打來打去，讓球進入對方球門的遊戲。
「我不是說那個，為什麼說到三個人能一起開心玩的遊戲，會先想到氣墊球啊！這個一般是兩人或四人玩的遊戲吧！」
「如果兩人或四人能夠玩，三個人玩也沒問題吧？」
「那樣有兩個人的那邊絕對比較強不是嗎？或者是要輪流上場呢？」

就像清水同學提議的，假如輪流玩，感覺戰力差距就不會那麼大了。

「若是那樣，多的那個人不就很閒了嗎？來玩一對二啦。」

「誰要一個人應戰啦。」

「那當然是年長的我一個人應戰啦。你們放馬過來吧，菜鳥們！」

「愛學姊真的沒問題嗎？我一個人一邊也可以哦？」

到了這種有必要分成兩隊的時候，身為男生的我如果一個人一邊，戰力會比較平衡。

「呵呵呵，別看我這樣，我可是最喜歡玩氣墊球了，和朋友來電子遊樂場時總是在玩哦。」

看來愛學姊對自己玩氣墊球的技術相當有自信，若是那樣照愛學姊說的來分組，說不定會比較好。

所以大輝學弟不用擔心。」

「我明白了，清水同學也覺得可以和我一組嗎？」

「如果你們覺得這樣分組好，我就好。」

「那麼分組決定了呢。那要開始玩氣墊球了哦！」

於是我和清水同學對上愛學姊的氣墊球對決拉開序幕。

「這邊出了氣墊球，所以由我開始哦。」

「好，來吧。」

氣墊球出現在愛學姊那邊，她放好氣墊球，擺好架式。

「要去囉！喝呀！」

愛學姊將氣墊球往球門打來，當我還覺得來襲的氣墊球朝清水同學方向接近時，下個瞬間伴隨「鏗！」一聲，氣墊球消失無蹤。

「咦？」

等到察覺時，我們這方的計分欄已經劃上「一」這個數字。清水同學回擊的氣墊球不知何時已經進入球門。

「我無法接受剛剛的輸贏，所以要在這裡贏過妳才舒服。」

清水同學的臉浮現獵食者的微笑。

「糟糕了大輝學弟，圭好像切換模式了！」

「那妳要和我交換嗎？」

感覺照這樣下去，會變成清水同學無人能敵，單方面獲勝的遊戲。即使我和愛學姊交換似乎也是一樣的結果。

「沒問題！我有祕密對策！」

她這樣說真的好嗎？愛學姊一拿到氣墊球便用手指向清水同學的後方。

「哎呀？那是什麼！」

我和清水同學往後看去，並沒有什麼變化。

「有破綻！吃我的必殺技！勝利的Victory Smash！」

我聽見打氣墊球的聲音。提前動作的愛學姊朝著我們的球門打出氣墊球，完全是突襲。當我意識到氣墊球即將進入球門的瞬間，「鏗！」的一聲響起。看向計分欄，我們隊的位置出現「二」這個數字。

「怎麼會這樣……」

愛學姊無法隱藏她的動搖。

「真是的，還在想妳要做什麼……從以前老是用這種手段，已經行不通了吧。還有必殺技的名稱同時用勝利和Victory，意思重複了哦。」

「怎麼會這樣……姊妹的美麗回憶竟然成了一場空……」

「和姊妹玩的時候，請妳堂堂正正出手。」

愛學姊的祕密對策計畫告吹，接下來她到底打算怎麼做呢？

「嗚……！這個手段很卑鄙，我儘量不想使用的，可是沒辦法了。」

剛剛的作戰就已經十分卑鄙，老實說我覺得她不用在乎這點。

「怎樣都好，快點打過來吧。」

清水同學依然幹勁滿滿，無法想像愛學姊能夠從這位清水同學手上得分。

「我要上了哦！作戰名稱是：與他的距離比想像中更加靠近忍不住心跳加速……這種心情到底是什麼呢……作戰！喝呀！」

愛學姊在告知作戰名稱的同時，將氣墊球打向我們的球門。

「太長了！」

清水同學邊吐槽邊將氣墊球打回去。

「什麼啊！」

不過氣墊球的速度應該比剛剛慢，愛學姊又把球打回來。氣墊球劃出軌道，來到我和清水同學中間附近的位置，為了打氣墊球，當我感覺清水同學開始移動時，她便看著我不知為何突然減速，停下腳步。

「清水同學？」

我設法打回去了，但因為是慌張出手所以沒有擊中球心，氣墊球緩緩往愛學姊滑去。

「好機會！喝呀！」

我們無法回擊愛學姊打出的氣墊球，球漂亮地進入我們的球門。

「清水同學為什麼會在途中停住了？」

「因、因為你比想像中還要靠近啊……」

「這是怎麼回事？」

為什麼我在附近就沒辦法打氣墊球呢？

「呵呵呵，看來我的作戰似乎成功了。」

愛學姊雙手抱胸，露出得意的表情。

「妳說的作戰是指那個名字很長又莫名其妙的東西嗎？」

「被評論得過於嚴苛讓我想哭，但正是如此！」
愛學姊毫不留情地伸手指向清水同學。
「圭小姐，妳有弱點對吧？」
「妳突然在說什麼啊？」
弱點？我實在想不到有什麼不利於現況的清水同學的弱點。
「如果妳在大輝學弟的身邊，就嗚咕……」
正當愛學姊開口在說什麼時，清水同學便氣勢洶洶地面對她，從正面用手以物理的手段堵住她的嘴。
「妳突然打算說些什麼啊！」
「嗚咕咕……」
愛學姊數次輕拍清水同學的手，宣告投降。清水同學看見這個動作，於是放開愛學姊。
「好險啊……差點就要去天堂旅行了……」
「都是因為妳若無其事地打算說出不得了的事情吧。」
結果愛學姊打算說什麼呢？她應該是想說如果我在旁邊，清水同學會發生什麼事吧。
「我什麼都還沒說嘛。不過總之呢，假如純情的圭小姐與大輝學弟靠得那麼近，就無法發揮本領呢。也就是說只要緊咬這點來攻擊，即使是我也能輕鬆獲勝啦！」
「妳……靠這種方式獲勝會開心嗎？」

「可以啊！只要能贏，要我做什麼都可以哦！」

「別突然變成勝利至上主義啊。明明平常都以樂在其中為優先，對輸贏不是很在意的。」

確實，我看不出愛學姊是那種會執著於勝利的個性。

「因為我會唱反調啊！妳趕快回到大輝學弟身邊吧！我要把你們打得落花流水！」

愛學姊擺出攻擊架式，朝著空氣揮拳。清水同學似乎還有什麼話想說，但遭到愛學姊驅趕而回到這邊。

「清水同學覺得這樣好嗎？」

「那傢伙也沒打算聽我說話。」

「我看起來也是如此……話說回來，清水同學真是抱歉。」

「你為什麼要道歉？」

清水同學露出了不解的表情。

「儘管不是很清楚，不過妳剛剛沒辦法正常發揮的原因是我吧？」

「啊……那、那要怎麼解釋呢，該說雖然原因在你，但不是你害的吧……」

「嗯……嗯？」

這樣我是有錯，還是沒有錯呢？

「反正你不需要在意。」

「知道了，只是要是像剛剛那樣氣墊球來到我們兩人都能接球的位置時，要怎麼辦呢？」

「用區域來分配負責人。這半邊我打，如果去到那邊由你打。」
如此一來，要是再變成剛剛那種情形，就能夠不慌張了吧。
「了解，那麼可以請清水同學先發球嗎？」
「好啊。」
「你們兩位已經做好作戰準備了嗎？那就來吧！」
「我不會再讓剛剛的情形發生了。」
清水姊妹的氣墊球對決第二輪開始了。

「喝呀！」
「清水同學，球過去了哦！」
「我知道！喔啦！」
清水同學迅速移動並把氣墊球打回去。愛學姊來不及反應，氣墊球直接進了球門，看來這次是我們得分。
「哈啊……哈啊……圭，妳很能打呢，看起來妳和大輝學弟的默契也漸漸培養起來，姊姊有點嫉妒了……」
「愛，妳也比我想的還能打呢。」
剩下時間不到一分鐘，得分是五比五同分。我們隊由於清水同學發揮出色的運動神經，用沉重的一擊將氣墊球打進對手的球門獲取分數，愛學姊在我們區分負責區域後也透過精準的控制將氣墊球打到剛好是分界線的位置，藉此得到分數。

「時間剩不多了。」

「對，下次得分的人就是贏家。」

「沒錯呢，然後贏家可以命令輸家。」

「啊？妳突然在說什麼？」

大概是覺得自己拿到氣墊球，情勢有利吧，愛學姊開始想在這時候追加新規則。

「贏家有命令輸家的權利，這很理所當然吧？咦，難道說圭沒自信嗎？」

「清水同學，那是愛學姊的挑釁，不可以上當哦。」

「我知道，怎麼可能會中那種顯而易見的挑釁……」

「真奇怪～圭小姐二對一這麼有利，竟然還會怕啊，咦～」

「可以吧，我就接受妳的提議。」

「清水同學！」

清水同學似乎遠比我所想的更加不擅長應對挑釁，開始有點擔心她了。

「那就決定了呢。那麼所剩時間也不多了，我要使出必殺技哦！Never Ending Attack！」

愛學姊這次也以絕妙的路線將氣墊球打過來。

「我來打！」

「知道了！」

雖然氣墊球離我比較近，但我相信清水同學，決定把球讓給她。

「喔啦！」

清水同學打回去的氣墊球朝著愛學姊那方的球門直線襲去，在我確信會進球的下個瞬間，氣墊球伴隨「鏗！」的一聲消失了。

「啥？」

等我察覺時，計分欄位已經更新，愛學姊這邊的數字變成「六」，與此同時遊戲結束的蜂鳴聲響起，激烈的遊戲以六比五由愛學姊獲得勝利。

「妳大意了呢。只要知道會由誰來打以及打擊球路，就算是以相當快的速度打過來，我也能夠應付哦。從剛剛為止的傾向看來會由圭來打，還有妳的球路我大概都預想到了，所以能夠計算出來。」

「咕嗚嗚……」

清水同學無法隱藏不甘心。聽到她的說明，看來愛學姊最後會得分並非偶然。

「因此我贏了，你們兩位要依照約定聽我的命令哦。」

「等一下。」

「怎麼了？圭應該會遵守約定吧？」

愛學姊臉上浮現壞心的笑容，能夠命令清水同學似乎相當令她高興。

「約定我會遵從。不過說出要是輸了會聽從命令的是我，所以我會聽從兩人份的命令，妳不要對本堂做出過分的命令。」

「清水同學，那是不行的哦。」

約定要聽從命令的確實是清水同學，即使如此，我覺得這和只讓清水同學背負全部責任是不一樣的。

「沒事的。歸根究柢，原因是我中了愛的挑釁，所以我要想辦法做點什麼。」

「這樣圭覺得可以接受嗎？」

愛學姊直直望著清水同學。

「是啊。」

「……我明白了，那麼就向圭下達驚人的命令吧！」

「清水同學……」

「沒問題的啦，大輝學弟，不是那麼艱難的命令，那麼我們往下個目的地移動～！」

愛學姊抓住清水同學的手臂快速往前走，而我跟在她們身後前往下一個目的地。

「到達目的地！」

「是這裡嗎？」

我一看周遭放著好幾台照相貼紙機，也就是所謂的拍貼機的區域。

「該不會是要拍這個吧？」

「答對了，圭真敏銳呢。」

「這附近只有拍貼機，就算不願意也會知道啊。話說拍貼機是普通朋友才會來拍的吧。」

「是這樣沒錯哦？」

愛學姊露出宛如在說「有什麼問題嗎？」的表情。

「若是那樣，為什麼愛會和今天初次見面的本堂突然來拍大頭貼啊。」

「我自身與大輝學弟的回憶確實只有今天，不過就算只有今天，我們也一起吃過飯、一起逛服飾店、在電子遊樂場一起玩過哦。這已經算很了不起的朋友了吧？」

「要成為朋友還太早吧。」

愛學姊對於是不是朋友的判定相當寬鬆。

「而且就算妳不下命令，拍貼機這點程度不管多少都可以拍啊。」

「呵呵呵。」

「什麼啦，妳突然笑什麼？」

愛學姊露出不管誰來看都能看出她在計劃些什麼陰謀的表情。

「我怎麼會為了拍普通的拍貼機就用掉珍貴的對圭的命令權呢？圭太天真了，比加了太多砂糖的餅乾還要甜（註：日文「天真」與「甜」的用字相同）啊。」

「那是愛經常做的餅乾吧。」

「沒錯沒錯，因為我愛吃甜，才會不小心加了太多砂糖呢……我不是說這個！算了，妳能夠那麼輕鬆也只剩現在了！」

愛學姊直直指著清水同學。

「妳打算做什麼啦。」

「再過一會兒妳就會知道了，那麼大輝學弟，我和圭要稍作準備，能請你在這附近稍微等一下嗎？」

「可以是可以，我不跟去也沒關係嗎？」

「因為我和圭約好不會對大輝學弟下過分的命令呢，就請你心跳加速地等待吧。」

「我明白了。」

愛學姊接下來到底打算對清水同學做什麼呢，老實說我只感到不安。

「OK～那我們走吧！圭，妳跟我來！」

「我只有不好的預感。」

清水同學被愛學姊拉著，從我的視野中消失蹤影。

愛學姊帶走清水同學後過了十分鐘，依然沒有要回來的跡象。當我無事可做，煩惱著該如何是好時，一道熟悉的聲音從後方傳來：

「喂～大輝學弟等很久了嗎？」

「不，不會……愛學姊那身衣服到底是？」
轉頭面向聲音傳來的方向，那裡站著身穿所謂女僕服的清水姊妹。
「嚇了一跳吧？這裡竟然可以借供拍貼機拍照用的服裝哦。」
「原來如此啊，我都不知道。」
「打從以前我就想和圭一起嘗試角色扮演然後拍大頭貼呢。」
從愛學姊的表情就看得出來，她感到十分興奮期待。
「是女僕哦！呵呵呵，很美麗吧！」
愛學姊雙手扠腰，抬頭挺胸向我展示服裝。應該是無意識的吧，她擺了一個強調豐滿胸部的姿勢，有點困擾的我不知道該把視線投向哪裡。
「是，我覺得很好。」
那套女僕服裝以黑色為基調，衣服外面穿著白色圍裙。頭上戴著被稱為白色頭飾的蕾絲髮箍，裙子長度較長，看起來是在宅邸裡工作的女僕會穿的那種設計。
「雖然也有在女僕咖啡廳工作的女僕穿的那種可愛迷你裙的女僕服，但圭說她討厭迷你裙，我只好哭著讓步變成這套衣服了。即便沒拍到圭穿連身裙的樣子，同樣是清純型的這套女僕服也是可以接受的。」
愛學姊拉起裙襬對我微微鞠躬，宛如習以為常的樣子，讓我不由得佩服。
「其實我也想把大輝學弟打扮成女僕呢。但我和圭約好不可以對大輝學弟做過分的命令，而且這裡也沒有供男生穿的服裝。」

「咦？」

總覺得她笑著說出令人意想不到的可怕事情。

「大輝學弟的臉型偏中性又可愛，身體線條纖細，我覺得穿女裝也很適合呢。」

「謝、謝謝？」

關於臉型我自己也一直想變得更有男子氣概一些，被說可愛，老實說心情很複雜。

「喂，假如不坦白說討厭，小心哪天會被愛打扮成女生哦。」

保持旁觀的清水同學對我說出非常重要的警告。

「那個，愛學姊，我對那種方面沒有興趣……」

「怎麼會！真是浪費了。大輝學弟，你是經過研磨就會璀璨發光的鑽石原石啊……」

愛學姊看起來打從心底感到遺憾。如果可以，希望她一輩子都不要去研磨那顆原石。

「沒辦法，只能慢慢等待大輝學弟的心意改變了吧。一碼歸一碼，大輝學弟覺得圭的女僕打扮怎麼樣啊？」

我將視線移到清水同學身上。大概是一年級時染的金髮配上亂穿制服的印象還殘留在我腦中吧，現在清水同學黑長髮且有氣質的女僕裝扮，讓我感到相當巨大的反差。

「什、什麼啦，不要那麼認真看……」

清水同學往我瞪來，由於她打扮成女僕的樣子，沒有平常的威壓感。雖然她叫我不要看，

但是愛學姊要我說出感想，於是直直看著她。

「愛學姊給人活潑女僕的感覺，清水同學是散發沉穩氣質，冷靜又漂亮的女僕的感覺，不論哪位的打扮都很適合。」

「什……」

「能夠同時稱讚兩位女孩子，大輝學弟很厲害耶。真希望我的青梅竹馬也能向你學習。話說回來他說妳是冷靜又漂亮的女僕耶，太好了呢。」

「吵、吵死了。」

清水同學把臉轉向一旁，我看不到她的表情。

「真不坦率呢，不過既然已經得到大輝學弟的感想，那就快點去拍大頭貼吧！」

「……真的得用這個模樣去拍嗎？」

清水同學竟然會說出那麼柔弱的話，看來她是相當不願意吧。

「看到妳可愛的樣子雖然讓我的心動搖，但還是不行！為了能和圭一起拍到大頭貼，現在的我可以狠下心來！」

如此說道的活潑女僕牢牢抓住我和清水同學的手，往拍貼機的方向前進。

「我一直夢想著姊妹一起角色扮演，而且竟然還是女僕裝，實在太幸福了。我該不會因為太過幸福，今天就死掉了吧？」

「我想要消失……」

拍完大頭貼，穿回原本衣服的清水姊妹呈現完全相反的心情。

「為什麼妳露出那種想要跳清水舞台的臉啊，明明是那麼開心。」

「覺得開心的人只有妳吧！竟然讓我擺出那些羞恥的姿勢！」

「哪有啊……大輝學弟很開心吧？」

「哈哈……」

我忍不住發出乾笑。這次我也能稍微明白清水同學的心情。一邊用一隻眼睛拋媚眼，一邊用兩手擺出愛心符號的姿勢，對我來說也有點羞恥。

「連、連大輝學弟都這樣……真是沒辦法，那麼我想再來一次雪恥吧！」

「難道說……妳又要拍大頭貼嗎？」

清水同學戰戰兢兢地詢問愛學妹。

「當然啦！不過不必再角色扮演了！我的目的只是單純拍大頭貼而已哦。」

「……那還行吧。」

清水同學似乎耗盡精神力，現在只要不是角色扮演，感覺她都可以接受。

「大輝學弟也可以嗎？」

「好，沒問題。」

既然來到這裡，我就奉陪到底吧。幾乎忘記來到購物中心的目的，往拍貼機邁出步伐。

「好，要拍大頭貼了哦！」
愛學姊一進入機器就開始迅速地投錢，設定拍貼機。
「那個愛學姊，我的份的錢……」
「不用錢哦，這次由姊姊請客。不說那個了，要擺什麼姿勢呢！」
「隨便都行吧。」
清水同學似乎沒有像愛學姊那麼熱情，雖然愛學姊可以說太過熱情了。
「不行啦！難得有今天，要留下紀念才行啊。反正都要擺，不然擺些有趣的姿勢吧？」
「我可不擺太奇怪的姿勢哦。」
「沒問題，要相信姊姊啊。」
「就是不相信妳，才會處處事先做好警告。」
就在姊妹倆妳一言我一語時，突然從設置在前方的螢幕畫面傳來機械式語音。
「拍攝即將開始，距離第一次的拍攝還有……」
「啊，它說差不多要拍第一次了！大家排好哦。」
如此說道的愛學姊讓位於後方的我和清水同學稍微靠前，愛學姊自己往更前面移動，半彎著身子。
「為什麼這次是我和本堂站在一起啊。」
「剛才我和圭都穿著成套的衣服，所以我和圭站一起比較好，現在則是我比你們矮一點，我覺得這種排法是最好的。」

「原來如此。」

這個排法原來有那種意圖嗎？位於前方的畫面映照出我們三人。仔細看畫面，我和清水同學之間看起來稍微有些距離。

「清水同學，可以再靠近妳一點嗎？」

「為、為什麼突然……」

「因為我和清水同學距離有點遠，不行嗎？」

「也不是不行……」

「沒時間了！一開始先比個主流的V字手勢吧！倒數計時三、二……」

我單手比V字手勢，往清水同學靠近一步。聽見啪沙一聲和閃光燈亮起，是在我的行動之後了。

「怎樣怎樣，哦哦！這不是拍得滿不錯嗎？」

映在畫面上的照片照到我們三人各自比V字手勢的模樣。仔細一看，感覺照片中的清水同學似乎比現在更接近我約半步。

「那麼，下一張要怎麼拍呢？」

「擺各自喜歡的姿勢不就好了？」

「真是的，圭這麼隨便，姊姊好傷心啊。大輝學弟有想擺什麼姿勢嗎？」

「我沒有特別想擺的姿勢呢。」

我很少有機會拍大頭貼，想不到姿勢。

「嗯，最近的年輕人對我會不會太冷淡了？不過也好，下次就自由擺拍吧，交給大家自己的品味！能拍到什麼樣的有趣照片，我很期待兩位哦！」

「不要莫名提高難度啦。」

「拍攝即將開始，距離第二次拍攝還有……」

機械式語音再次開始倒數計時。

「你們看，要開始了喲。你們兩位都決定好姿勢了嗎？」

我完全沒決定。煩惱到最後，決定至少不要和剛剛重複同樣的姿勢，所以擺出戰鬥姿勢。

閃光燈再次亮起。

「這次拍得如何呢……呃，圭，妳至少擺個姿勢吧！」

照片中的清水同學就像愛學姊說得一樣，沒有擺任何姿勢就是直直站著。不過仔細一看，她比起剛剛又更加靠近了我半步左右。

「我想不到姿勢啊。」

「若是那樣妳早點說，我就會傳授妳我直傳的超有趣姿勢了。」

「如果要那麼做，還不如不擺姿勢。」

第二張照片裡的愛學姊的姿勢也很想表現獨特性。清水同學拒絕的理由我也能理解。

「還要再拍一次，可以吧？最後要擺什麼姿勢呢……」

手機鈴聲突然響起，和我的鈴聲不一樣，聲音應該是來自清水姊妹其中一人的手機吧。愛學姊連忙從包包中拿出手機。

「喂，是我……嗯，稍微等我一下好嗎？」

愛學姊轉頭對著我們的方向。

「抱歉，我去接個電話哦。馬上回來，但是我想應該趕不上最後的拍攝了，你們就一起拍吧。」

說完這些話的愛學姊就走到拍貼機的外面。

「該怎麼辦呢？」

「也不用怎麼辦，只要拍照就好了吧。」

「清水同學覺得可以嗎？」

清水同學和愛學姊不同，她應該對拍大頭貼沒那麼積極。

「如果被要求接下來要拍好幾張，我會拒絕，只有一張還可以。而且……」

「而且？」

「……沒什麼。好了要拍了，擺姿勢太麻煩，我就不擺了。」

「拍攝即將開始，距離第三次的拍攝還有……」

最後的倒數計時開始。只有我特意擺姿勢感覺很奇怪，最後也決定用自然的姿勢拍照。倒數計時剩下個位數，當我將視線對著鏡頭時，有某種東西碰到肩膀的觸感，還來不及為那個觸感驚訝，閃光燈便亮了。

「抱歉我突然離開了，最後一張有順利拍好嗎？」

愛學姊用一副感到抱歉的表情進入拍貼機。

「還行啦……」

「最後的大頭貼是怎麼樣的感覺呢……哦？」

我也從愛學姊的後方探頭確認照片。上面是肩並肩站立的我和清水同學。

「哎呀哎呀，圭變大膽了呢。」

「不是啦！這是……我只是有點絆到腳而已！」

我沒有直接看見所以不清楚，原來清水同學絆到腳了。幸好她沒有跌倒受傷。

「哼～總之就先當成那樣吧。」

「不是先當成那樣，就是那樣啊。然後妳要加工拍好的大頭貼嗎？」

「不要說是加工啦，是裝飾！你們兩位也想裝飾嗎？」

我覺得兩個詞的意思並沒有差很多，但愛學姊似乎有她的堅持。

「我就不了。」

「請容我也拒絕。」

「咦咦？大家一起裝飾會很開心的！不過強迫也不好，那麼接下來我會全力裝飾大頭貼，你們兩位就在附近打發時間十分鐘左右吧。」

「我明白了。」

「是可以啦，妳不要花太多時間哦。」

當愛學姊裝飾大頭貼的這段期間，我和清水同學兩個人一起打發時間。

「清水同學平常會來電子遊樂場嗎？」

「不會，我沒有興趣所以不會來。那你又是怎麼樣？」

「輝乃喜歡打遊戲，所以我會陪她來哦。」

離開拍貼機後過了幾分鐘，我們沒有目的地，就在電子遊樂場裡信步閒晃。

「和妹妹一起來時，你會做些什麼？」

「我會當她玩對戰遊戲的對手。我不太擅長玩遊戲，老是被輝乃說要再變強點呢。」

「當哥哥還真辛苦啊。」

「反正我也很開心，沒關係啦。」

我們邊閒聊邊走，走到一半清水同學停下腳步。

「清水同學，怎麼了？」

我看向清水同學的視線前端，那裡是一台夾娃娃機，裡面放著幾隻熊布偶。仔細看那隻熊布偶，它的眼睛是下垂眼，給人一種想睡覺的印象。

「清水同學想要這個嗎？」
「怎、怎麼可能啊！」
「不過清水同學不是從剛剛就一直看著這個布偶嗎？」
「它只是剛好進入我的視線而已，只是剛好。」
清水同學強調只是偶然看到。我覺得她非常在意這隻熊布偶，是錯覺嗎？
「反正還有時間，機會難得試一次看看吧？」
正當我覺得清水同學的表情瞬間明亮起來時，她忽然回過神來左右搖頭，恢復原本的神情。清水同學的心中似乎正在與什麼做鬥爭。
「真拿你沒辦法呢。雖然我沒興趣但有時間，玩個一次也沒關係。」
「謝謝。那就來夾看看吧。」
太好了，看來她似乎願意讓我夾夾看，於是我和清水同學的夾熊熊作戰開始了。
機械手臂抓住熊布偶並拉到空中。不過可能沒有固定得很牢吧，布偶又掉回原來的位置。
「啊啊，為什麼，再來一次！」
「妳還要抓嗎？」
作戰開始的幾分鐘後，清水同學一個人持續挑戰夾娃娃機。一開始原本預定是我和清水同學各挑戰一次而已，但清水同學說了好幾次再來一次，完全錯失和她換手的時機。

「剛剛很可惜吧？下次一定要抓到。」
是那樣嗎？她挑戰了好幾次都立刻掉下來，布偶的位置看起來幾乎沒有變化。
「好，我要上了。」
清水同學又投入百圓硬幣，操縱機械手臂。這次和上次一樣幾乎沒變，熊布偶只是上下移動而已。
「到底為什麼不行啊？」
老實說關於這點有些殘酷，只能怪清水同學完全沒有夾娃娃的天賦吧。
「清水同學，差不多該結束了。愛學姊可能已經在等我們了吧？」
「可是……」
清水同學似乎真的很不甘心，她大概相當想要那隻布偶吧。
「我知道了，那能不能換我夾一次呢？我們兩人再各自夾一次，如果還是不行，就回去愛學姊那邊吧。」
我雖然也沒有多少玩夾娃娃機的經驗，但夾到的可能性總比交給清水同學高，只是問題在於清水同學是否願意換我上場。
「……好，我知道了。」
太好了，看來她願意接受我的提議。
「那我開始了。」

我和清水同學的最後一次夾熊熊作戰就此開幕。

我投入百圓硬幣，用手抓住控制搖桿。很難期待清水同學的技術會發生奇蹟般的提升，所以只剩下我一次抓到布偶這條路。緩緩吐氣看著正面。慎重操縱搖桿讓機械手臂從上方慢慢靠近布偶，當機械手臂來到布偶正上方的那瞬間，按下讓機械手臂下降的按鈕。

（就是現在！）

機械手臂猛然下降抓住布偶。布偶就這樣沒有掉落而是往上拉起。我不經意地看向一旁，看到清水同學有如祈禱一般凝視著布偶。大概是祈禱應驗了吧，布偶直到最後都保持安定，不久便離開機械手臂，掉到取物口。

「抓到了哦，清水同學。」

我從取物口拿出熊布偶給清水同學看。

「啊啊！……太、太好了呢。」

清水同學瞬間像是小孩一樣兩眼放光，但她回過神來立刻又恢復平靜。只是感覺她看著布偶的目光依然充滿熱情。

「清水同學，可以請妳答應我一個請求嗎？」

「什麼啊？」

「可以請妳收下這隻布偶嗎？」

「啥？為什麼要送我……送給妹妹不就得了。」

「輝乃對待物品的方式有點粗魯，這樣布偶會很可憐吧。」

這番話並非謊言，不論我何時造訪輝乃的房間都很亂。因此就算送她這隻熊布偶，感覺幾天後會被當成坐墊使用。

「所以清水同學，可以請妳好好珍惜這隻布偶嗎？」

我把布偶遞給清水同學，她雖然一度伸出手，卻在途中縮回去，然後稍微煩惱後又再度伸手，從我手中接過布偶。

「……那我就收下了，可不會還你哦。」

緊緊抱著布偶的清水同學看起來似乎比剛剛還開心。

「呵呵！」

「什、什麼啦，你突然笑了。」

「不是，清水同學會喜歡熊布偶讓我還滿意外的。」

「那是因為……這隻熊……」

可能是因為清水同學的嘴巴靠近布偶的關係，她的聲量變小又被周遭的聲音掩蓋，我沒辦法聽清楚。關於我說感到意外這件事，可能做點說明會比較好。

「雖然我說滿意外的，但並沒有惡意哦。單純只是覺得妳很可愛而已。」

「什……」

「清水同學？」

「你、你別突然說我可愛啦！你看，愛在等了，我們走吧。」
「好，那我們回去愛學姊那邊吧。」
「好。」
夾熊熊作戰總算順利成功，我和清水同學朝著愛學姊等候的拍貼機區域邁步前進。
「圭還有大輝學弟，我等得好久啊。你們去做什麼了……話說那隻熊布偶好可愛！那是怎麼回事啊？」
回來就發現愛學姊已經完成裝飾，在拍貼機前面等我們了。
「在夾娃娃機抓到的。」
「哎呀，圭不是令人絕望地不擅長夾娃娃機嗎？」
「我又沒說是我夾的！」
她確實沒這麼說，但感覺她的語氣就是這樣。
「圭沒有抓到，卻又拿著娃娃，這代表……嘿嘿～」
愛學姊用手掩住嘴，看起來像在強調我正掩藏笑意哦。
「什、什麼啦。」
「沒有，我只是在想妳能得到預料之外的禮物真是太好了呢。」
「什……！」

「我也要給這樣的你們兩位禮物。」

如此說道的愛學姊便將像是厚紙片一樣的東西遞給我們。

「這是剛剛拍的大頭貼哦。我可是特別裝飾過的，要好好珍惜哦。」

「喂，第二張我的臉也太黑了吧。」

看向第二張拍的大頭貼，上面確實映出變成褐色肌膚的清水同學與我。

「沒有啦，我想著該怎麼做才能讓我的皮膚看起來白皙，然後想到只要讓周遭的人變黑就行了啊。」

她的思考方式相當惡魔。我看著收到的大頭貼，發現只有最後照的那張我和清水同學的照片沒有遭到任何加工。

「愛學姊，請問一下。」

「什麼事呢？」

「為什麼最後拍的那張我和清水同學的大頭貼沒有裝飾呢？」

「啊，你說那張啊。」

聽到我如此詢問，愛學姊開心地笑了。

「因為我不想被馬踢啊。」

「咦？」

「你現在還不知道沒有關係哦。請你不要弄丟那張大頭貼，要好好珍惜哦。」

「好、好的。」

什麼時候才能了解其中含意呢，現在的我毫無頭緒。

「有事嗎？」

「對，剛才的電話約好接下來要和朋友一起去玩。」

離開電子遊樂場後，我們在購物中心的美食廣場休息。三人手邊各自放著剛剛買的飲料。

「那麼還在這邊悠悠哉哉沒關係嗎？」

「聽他們說再過一會兒要在這裡集合，所以沒關係。」

「那就好，這麼一來今天是到這邊解散了嗎？」

這是自然的發展吧。和清水姊妹相遇，比起預計在這裡停留了更長時間，我擔心輝乃會不會等到不耐煩了，不過只要說明，她大概會理解吧。

「我是如此，你們不是哦。」

「啥？」

「什麼？」

「難得一起玩，你們就一起回家吧！」

「不用連你都跟我一起回家吧？」

「我本來也是打算辦完事就立刻回家的。」

在美食廣場談話後過了一陣子，我和清水同學身在電車之中。

最後變成愛學姊和朋友去玩，我和清水同學回家。從愛學姊那裡聽說清水家的大概位置，原來我家和清水同學的家距離滿近的。

「清水同學有其他想做的事嗎？」

「沒有，而且我本來就不喜歡人多的地方。」

「若是那樣，妳之所以會來到購物中心，是因為愛學姊找妳去嗎？」

「對啊，她問我有沒有事，我說沒有，她就說既然如此我們一起去買衣服吧，然後我就被帶來這裡。」

「原來是這樣啊。」

感覺愛學姊確實是給人會做這種事，精力十足的印象。

「那傢伙老是這麼強硬。」

清水同學嘆了口氣。被人耍得團團轉的清水同學相當難得一見。

「妳們感情真好呢。」

清水同學露出意外的表情。

「不，因為妳剛剛說『老是』，所以妳們應該常常在一起，那不就是感情好的證明嗎？」

「是那傢伙擅自來我的房間哦。」

「愛學姊很喜歡清水同學呢。」

「隨你說吧。」

清水同學看向旁邊，看來她放棄反駁了。

「這麼說起來，你不是有個妹妹嗎？」

「對，有哦。」

「你和你妹感情怎麼樣呢？」

「我不太清楚其他兄妹的狀況，所以無法斷言，但是應該還算滿不錯吧？我們會一起玩遊戲和看動畫。」

「對她沒有不滿嗎？」

對輝乃的不滿？

她討厭吃蔬菜，怕麻煩等等這種小地方很多，不過整體來說……

「她稍微有點任性，我有點困擾吧。」

「就算是你，也會對家人有這種想法呢。」

「我還沒到不滿的程度，但往後輝乃可能會因此感到困擾吧。」

「這是怎麼回事？」

「她要是太過依賴我，當我因為升學或就職不在家的時候，輝乃自己會感到困擾的。」

現在直到雙親回家為止，料理還有其他家事還好有我在做，要是我離開家裡，實在無法想像輝乃做家事的畫面。

「結果你是在擔心妹妹啊，你該不會有點妹控吧？」

「那是因為……有妹妹的人，基本上大家多少都會為妹妹操心吧？」

我把主詞範圍說得太廣泛，聽起來有一點像在做彆腳的辯解，唯獨這項主張應該沒有任何造假。

「那句話說得太誇張了吧，至少愛絕對沒有在為我操心。」

「沒那回事哦，愛學姊肯定也很擔心清水同學喔。」

「你為什麼會知道那種事？」

那是因為在家庭餐廳，當清水同學不在的時候，我和愛學姊聊過……這可不能說。愛學姊似乎希望把當時的對話內容當成祕密，所以不能說。

「這是同樣擁有妹妹的人的直覺吧。」

「你在說什麼啦。」

清水同學露出傻眼的表情看著我。

我自己也覺得是莫名其妙的根據，所以她有這樣的反應也很正常。

「總之我認為愛學姊總是為清水同學著想哦。」

「……算了，既然你都說到這個地步，那就當成是這樣吧。」

清水同學雖然無法認同，看來她還是願意表示理解。
「話說回來，儘管今天才第一次見面，我覺得愛學姊真的是位好姊姊呢。」
「是嗎？她只是做自己想做的事而已吧。」
因為是自家人，感覺清水同學對愛學姊的評價較為嚴厲。
「我確實覺得她忠於自己的欲望，但我認為她也有好好地看清周遭人的情況呢。即使對初次見面的我，也是輕鬆地找我說話，講話也很有趣，我很開心能夠和她說話哦。」
「……哼！」
奇怪，為什麼清水同學看起來有點不服氣呢？
「愛在家裡更隨便哦。」
「可能在家裡就不需要多加顧忌了吧。」
「……考試前老是吵著說她看不懂哦。」
「考試前她會努力讀書呢。」
清水同學突然開始揭露愛學姊的私事。這是對愛學姊在家庭餐廳揭露昔日往事的報復嗎？
「清水同學，妳為什麼要對我說愛學姊的弱點呢？」
「那是因為你……都在稱讚愛啊……」
雖然不是很懂，清水同學似乎是為了我只稱讚愛學姊而感到不高興。
「那麼清水同學希望我稱讚妳哪裡呢？」

「啥？你突然在說什麼？」
「清水同學是因為我只稱讚愛學姊而感到不高興吧？既然這樣，我想自己只要也稱讚清水同學，問題就能解決了。」
連我自己都覺得這個想法很好。稱讚人心情會好，受到稱讚的人應該也不會反感。
「你、你在說什麼啦，我不需要，而且我沒有值得稱讚的地方吧。」
清水同學的自我評價出乎預料地低，這樣看來有必要告訴清水同學她的優點了。
「沒那回事哦，那麼我就來說說清水同學的優點吧。首先第一點是妳很溫柔，清水同學在上次的烹飪實習課中，在負責處理食材的人只有我時，率先幫助了我。記得當時我也有說過覺得很開心。第二點是妳是位努力的人。之前妳送我便當時，手指上了很多ＯＫ繃，我想是妳努力練習做料理才造成的吧。這種勤奮努力之處我也覺得很厲害哦。第三點……」
「停止。」
「咦，為什麼？我才剛開始耶？」
「已經足夠了，你已經完全傳達給我了。」
清水同學用熊布偶遮住嘴巴，我無法觀察她的表情。
「妳不用客氣，還有很多沒說哦。」
「我才沒有客氣。夠了，直到抵達車站為止，請你保持安靜。」
我仔細看看如此說道的清水同學，她的耳朵變得有點紅。看來是覺得害羞了。

「好，我知道了。」

我和清水同學接下來直到抵達最近的車站為止，一句話都沒說地坐在座位上。

「下雨了呢。」

「是啊。」

正當我們打算走出車站時，開始下雨了。

一開始是稀疏的細雨，沒多久雨勢逐漸變大，馬上就變成傾盆大雨。

「清水同學，妳的傘呢？」

「我沒帶傘，你有帶嗎？」

「有，不過是摺疊傘。」

我從單肩背包中拿出摺疊傘給清水同學看。

「有就好，今天就到此解散吧。」

「我是沒問題，但清水同學打算怎麼辦？」

「我請爸媽來接。」

如此說道的清水同學從包包裡拿出手機給我看。

「那應該就沒問題了吧。」

「對啊，所以你趕快走吧。」

「知道了，那麼學校見。」

「再見。」

我背對清水同學，就此離開車站。

※　※　※

本堂離開後過了一陣子，我沒有移動，從車站裡看著下雨的天空。

（……怎麼辦？）

雖然對本堂說我要請父母來接，可是父母今天出門了，直到晚上才會回來。不清楚愛有沒有帶傘，但她和朋友在一起，我不想打擾。

這麼一來，只能靠自己回家了，不過激烈的雨勢才剛變大，完全沒有停止的跡象，我可以說是完全束手無策。

在這種雨勢跑回家可能會感冒，更重要的是連身裙和布偶會弄濕。

出於無意識，比起自己的身體狀況，我將連身裙與布偶的優先順序排在更優先，發現這點後猛然回過神來。

（我在想什麼啊……）

只不過是被那傢伙稱讚過一次穿著而已，怎麼會這樣？

那傢伙也稱讚過愛，我穿其他衣服時也稱讚過我。不過在稱讚我這件連身裙時，那傢伙的表情該說是和看到其他衣服時有所不同，或者說他看似看入迷了……

我左右搖頭。那傢伙不可能會有那種反應，之前不管我再怎麼對那個遲鈍男示好，他都沒發現我的心意啊。只是他也不是完全沒有反應，還是有看到我希望他看見的地方……

再次左右搖頭。那傢伙有什麼反應都沒差，而且這隻布偶該怎麼說才好，只是隨處可見的布偶。不過這是那傢伙為了我而夾的，是特別的……

「……清水同學。」

可能是一直想著那傢伙的事吧，我聽到幻聽。我有這麼軟弱嗎？

成為高中生之後，我便打算不讓任何人接近自己，盡可能不讓人看見我的軟弱之處。儘管如此，那傢伙還是待在我的身邊，讓我一點一點變得軟弱。

「清水同學？」

某人的臉浮現在我眼前。

「嗚哇！」

事出突然無法反應過來，我發出不可愛的叫聲往後跳。

在我剛剛站立的位置，本堂彷彿理所當然地拿著傘站在那裡。

※　※　※

「本堂，你為什麼會在這裡？」

「問我為什麼，因為我在回去的途中折返了啊？」

「我是在問你為什麼要回來啦。」

「不知為何呢。」

「啥？」

清水同學露出打從心底無法理解的表情。

不過我自己也覺得她會有那個反應也是沒辦法的事。

「不知為何，總感覺清水同學還待在這裡。我在回去途中想到這點，妳很溫柔，說不定會為了讓我能夠放心回家而說謊吧。」

「要是我已經回家了，你又打算怎麼辦？」

「若是這樣，我就會覺得是自己想太多了，再次走回去吧。」

「你……」

清水同學的表情看起來很傻眼，又像是在思考其他事情。

「不過清水同學還在，那就太好了。妳還在這裡，就代表沒有辦法可以回家吧？」

「……是啊，你這麼問是有什麼解決方案嗎？」

「那個……是那樣沒錯啦。」

「為什麼說得這麼不清不楚啊。」
「用我的傘吧。」
「啥？」
清水同學的反應和我的預想幾乎沒兩樣。
「我到附近的超商看過了，塑膠傘已經賣光。而且我能借妳的傘，也只有自己的這支。」
「既然這樣，你打算怎麼回家呢？」
「怎麼辦呢，應該會讓輝乃來接我吧。」
就算輝乃再怎麼不喜歡出門，當我有困難時，她肯定會來幫忙。
「……一半。」
「咦？」
「你借我一半的傘就好。」
「妳是指一起撐嗎？」
「不用特地說出來！你覺得怎麼樣？」
「清水同學可以接受嗎？」
「自己的傘不用不是很奇怪嗎？不過我也不希望連身裙和布偶被雨淋濕。所以……就讓我用你的傘吧。」
清水同學以彷彿擠出來的聲音對我說道。

「我知道了，那麼請妳和我一起撐好嗎？」

「呃，哦。」

清水同學用小心翼翼的感覺和我一起撐傘。我和她就這樣從車站往住家移動。

「雨下個不停呢。」

「……是啊。」

離開車站數分鐘，我們走在下雨的天空下。

「清水同學，我走路的速度會太快嗎？」

「沒問題。」

「那就好。」

對話無法持續。直到剛剛為止都還能正常說話的，這是為什麼呢？我沒什麼經驗，不知該如何是好。

「喂。」

「什麼事，清水同學？」

「你往我這裡靠。」

「突然怎麼了？」

「你的肩膀淋濕了吧，會感冒哦。」

清水同學似乎注意到我撐傘的手另一邊被淋濕了。
「這點程度沒關係喔。」
「你借傘給我卻又害你感冒，我也很傷腦筋。沒關係的，你稍微往我這邊靠。」
「這樣很擠，可以嗎？」
由於是折疊式，這支傘並沒有那麼大。
為了不淋濕，必須靠近到肩並肩的程度。
「……沒關係，所以你過來。」
既然她都說到這個地步，我也沒有拒絕的理由吧。
我靠近到幾乎快碰到清水同學肩膀的距離。
「這、這樣就行了哦。」
「謝謝妳，清水同學。」
「這是你的傘，不用道謝啦。」
「呵呵！」
「你在笑什麼啦。」
我被清水同學狠狠瞪了一眼。糟了，忍不住笑出來了。
「我在想清水同學果然很溫柔呢。」
「啊？你突然說些什麼啦。」

「沒事，是我自己的事。」
「如果你這麼說，那你為了不知道是否需要幫忙的傢伙回到車站，才是個老好人吧？」
「我……只是為了不想後悔才這麼做而已。」
「你之前也說過呢，那是什麼意思，有什麼理由嗎？」
咦，我之前也曾對清水同學說過嗎？我沒印象。
「也不算理由啦，以前曾經發生過讓我有些後悔的事，只是不想再後悔而已。」
「……發生什麼事了？」
沒想到她會對這件事有興趣，有點猶豫要不要說，但也不是什麼需要隱瞞的事吧。
「是我小時候的事。以前有個叫做小悠的朋友，我不知道小悠從哪裡來的，他總是待在公園裡。一起玩著玩著，我和小悠在不知不覺間變成好朋友。」
清水同學默默地聽我說話。
「我們每天都在附近的公園玩，過了一年左右，比我們還要年長的孩子們也開始來到公園玩了……」
「然後呢？」
「那些孩子開始捉弄我和小悠。我一直無視他們，小悠也一直沒有什麼反應，所以我以為他不在意。不過並不是那樣的，小悠從某天起就不再來公園了。」
清水同學什麼都沒說，似乎在等著我繼續講下去。

「從那以後不管去幾次公園，小悠都不在。當時我非常後悔哦，要是那時我有叫他們別取笑我們，小悠說不定就不會不見了。所以在那以後，我都是為了不讓自己後悔而行動。」

試著說出來之後，我才覺得似乎不是什麼大事。

只是這並非會讓人感到有趣的話題啦。

我和清水同學接下來都沒有開口，只聽得見清晰的雨聲。

「……抱歉。」

「咦？」

先開口的是清水同學。

我沒想到她會道歉，所以無法立刻好好回應。

「對你來說應該是不太想重新回想的回憶吧。」

清水同學似乎在意自己讓我回想起苦澀的回憶。

「確實不能再和小悠見面我很傷心，儘管如此我與他之間還是有很多快樂的回憶啊，所以想起他並不會那麼討厭喔。」

「你沒勉強自己吧？」

「我沒事的，而且很開心哦。」

「為什麼開心？」

「因為清水同學對我的事有興趣啊。」

「什……！」

清水同學想與我拉開距離，為了不讓她淋到雨，我連忙跟著移動。

「清水同學，請不要突然亂動。」

「都、都怪你突然說些奇怪的話啦！」

我本來沒有想說奇怪的話，可能是我說得不夠吧。

「因為經常是我主動找清水同學說話，而妳在一年級的時候幾乎沒有來找我說話。所以現在妳問我的事情，讓我感覺和清水同學的距離稍微拉近了，很開心呢。」

「……和我這種人關係變好會開心嗎？」

清水同學用我幾乎快聽不見的音量喃喃自語。

「那當然是很開心啊。」

「啥？為、為什麼啊。」

「問我為什麼……因為和清水同學在一起很開心啊。」

「和我在一起很開心……」

「嗯，和清水同學聊天時我總是很開心哦。」

「……興趣怪異的傢伙。」

清水同學的臉朝著下方，我看不到她的表情。

「會嗎？清水同學擅於傾聽，和妳聊天也很有趣，所以我覺得妳要是試著和其他人聊聊，也會很開心的。」
「隨便你怎麼想。」
「就這麼辦。話說回來，清水同學從剛剛開始耳朵就很紅，妳還好吧？」
「啥？才沒有紅呢。」
清水同學反射性地面向我。
「果然妳的臉也有點紅，會冷嗎？」
「我不冷，是你搞錯了。」
「如果是那樣就好。」
我還在想要是她感冒了該怎麼辦才好，幸好暫時沒有出現症狀。
「清水同學，妳是不是有點緊張呢？」
「為什麼我非得感到緊張不可啊。」
「不，偶爾也有人會因為緊張而臉紅，我在想清水同學會不會也是那樣。」
「我、我才沒緊張呢。」
看來似乎也不是因為緊張。
既然如此，我老是覺得她的臉很紅，是我搞錯了嗎？
「說這種話的你才是在緊張吧？」
這次輪到我被質疑了，我試著思考自己有沒有緊張。

「……有可能。」

「你說有可能，你是為了什麼緊張？」

「咦？一起撐傘不會緊張嗎？」

「啊？……啥？」

在「啊？」和「啥？」之間，清水同學的表情產生劇烈變化。

如果要具體形容，她的表情看起來像在說「這傢伙在說些什麼啊」然後變成像在說「原來你在想那種事啊」的表情。

「我覺得自己沒有說出那麼奇怪的話哦。」

「你到剛才為止都很淡定吧。」

「會嗎？我可能是不會把心事表現在臉上的類型呢。」

「即使如此也是啊。」

我自己都沒發現，原來我可能意外地有張撲克臉啊。

「不過我說緊張可不是假的。」

「那麼你是怎麼想的？」

「我說了妳可別退避哦。」

「要看你說的內容而定吧。」

可能是這樣沒錯，但我不喜歡說了之後遭到疏遠。

當我這麼想時，清水同學輕輕地嘆了口氣。

「……知道了，我會努力。那麼你是怎麼想的呢？」

「平常我不曾和清水同學靠得這麼近，覺得有點心跳加速呢。」

「你、你……」

清水同學猛然打算和我拉開距離，我撐著傘趕緊移動。

「剛剛我也說過了，清水同學，請不要突然亂動！而且妳不是說過不會退避的嗎！」

「我只是說我會努力！而且……都怪你說了那種話……」

後半段的聲音模糊，要聽清楚有點辛苦。

「清水同學覺得無所謂嗎？妳曾經和誰一起撐過傘嗎？」

「我周遭的人不是沒帶傘一起淋濕，就是有帶預備傘會借給我，二選一哦。」

「愛學姊似乎也沒帶傘呢。」

「那傢伙就算下雨也是馬馬虎虎，不會帶傘哦。」

「呵呵！」

我忍不住笑出來了。

很容易就能想像不撐傘在雨中全力奔跑的愛學姊。

「這麼一來，愛學姊在這場雨還在下時，大概無法回家吧。」

「在愛回家之前，雨應該會停吧。」

「如果那樣就好了。」
對話又中斷了。感覺傳入耳中的雨聲比剛剛稍微減弱了些。
「話說真是不幸呢，如果你沒被愛抓來陪我們，就能在下雨前回到家裡了。」
「是嗎？我覺得今天幸好能遇到清水同學妳們呢。」
「為什麼啊？」
看來清水同學不知道理由。話雖如此也不是很困難。
「因為能看見我不知道的清水同學。」
「什……！」
「和愛學姊感情融洽的清水同學，還有熱衷於遊戲的清水同學，能夠看見妳在學校裡不曾展現的面貌，我很開心哦。」
「你、你……」
不知為何清水同學的臉變得比剛才更紅了。她自己大概也有察覺這件事，把臉背過去，但我覺得這下已經沒有意義。
「……夠了。」
「清水同學？」
「傘撐到這裡就夠了。」
「妳說夠了，但雨……」

我想說「還在下」卻發覺已經沒有雨聲。看向天空，雲的縫隙透出多道日光。

「雨停了，傘撐到這裡就好。」

「說不定還會再下……咦，清水同學？」

我看往旁邊，清水同學早已不在那裡。環顧周遭，在距離幾公尺的地方看到清水同學的身影，那道身影現正逐漸變小。看來是打算在雨又下下來之前先跑回家。

「清水同學，我們學校再見。」

我朝著已經位於聽不見的距離的清水同學輕聲說道。

「喔啦，姊姊登場啦！眾人開路吧！」

在購物中心遇見本堂的那個晚上，我在自己房間看漫畫時，穿著居家服的愛突然進來了。

「不是老是跟妳說進人家房間時，要敲門還有打招呼了嗎？」

「那種小事不急啦！比起那個，快說說你們回家路上發生的事！」

愛的食指直直比向我。進房間時不敲門，到底什麼時候才要敲啊。

「為什麼妳那麼頤指氣使。」

「因為我實際上很偉大啊，可不要小看學生會副會長哦！」

「在家裡不要用權威嚇親妹妹啦。」

「下次我會注意。那麼妳和大輝學弟在那之後怎麼樣了？」

愛有著不輸任何人的離題才能，但她似乎還沒忘記離題之前的話題。

「妳在說什麼，我們就只是普通回家而已。」

「哼～」

愛用懷疑的眼神看著我。

「怎、怎樣啦。」

「圭小姐，我都知道哦？」

「知道什麼？」

「你們兩位回家的時間下雨了吧。然後圭小姐，妳當時沒有帶傘吧？沒有傘，妳是怎麼沒有淋濕回到家裡的呢？」

「唔！」

為什麼愛的記憶力偏偏在這時候特別好呢。希望她絕對要在讀書方面發揮這種記憶力。

「妳似乎是在媽媽他們回來前就回到家了，所以是在雨還在下時就回來了，可是衣服和包包之類的隨身物品都沒有淋濕。這麼一來，只有一個假設可以成立呢。」

「……別賣關子了，妳就說吧。」

「我要說了哦，單刀直入地說，妳和大輝學弟一起撐傘了吧？」

真的為什麼愛的推理只有這種時候這麼清晰明理啊。

「怎麼樣呢，圭小姐，我的假設有錯誤嗎？」

「……沒有。」

就算我對愛說她的假設有誤，還是會在哪裡露餡，導致暴露真相吧。既然如此，不如一開始就承認才不會那麼累。

「哦哦！真相大白！一起撐傘呢，圭真行耶！」

就算承認了，也可能還是很累。

「那又不是什麼不得了的事吧。」

「不得了好嗎！是誰先提議的？」

「……算是我吧。」

一開始是本堂先提議要借傘給我，但會變成一起撐傘是起於我的發言吧。

「是由圭提議的……那個被動的圭嗎？」

「不行嗎！因為我不想被淋濕啊！」

沒有什麼特別的，就只是這樣而已。我明明這麼說，愛卻露出壞心的笑容。

「是沒錯呢。被他稱讚過的連身裙還有他幫妳夾到的布偶，不管哪項都很重要，所以不想淋濕呢。」

「我沒說那種話吧！」

「不過就是如此吧？」

「……我又沒說妳錯。」

愛依然一邊竊笑，一邊投來溫暖的眼神。

「好，我收到圭寶貴的嬌羞了。」

「妳好煩，快點回去。」

我用手指著門，但愛露出像是在說「哎呀哎呀，真是的」的表情。

「夜晚才要開始呢，而且我還沒問到你們一起撐傘的詳情啊。」
「沒有什麼詳情不詳情，除了和本堂一起回家以外，沒有其他情報。」
「妳又說這種話了。你們回家路上聊了些什麼啊，跟姊姊說說看嘛。」
回想起今天回家路上的對話。本堂過去的事最好不要說，要說其他還聊了什麼……
「他說和我在一起很開心，能看見和平常不同的我很高興，還有一起撐傘很緊張。」
「大輝學弟比我想像的更加積極呢！這下果然是有機會了不是嗎？」
愛藏不住興奮。除了愛以外我沒有其他範例所以不是很清楚，原來人會為了別人的戀愛話題而情緒高漲嗎？
「那傢伙就不是那個意思啊。」
這不是說謊，我相當懷疑本堂有沒有把我看成戀愛對象。
「是這樣嗎？我覺得沒有人會對不在意的女孩子說她漂亮，送她布偶，一起撐傘還會說緊張的呢。」
「那傢伙就是會這樣！在妳挑選衣服時他也說過妳可愛吧！」
怎麼回事，當我想像那傢伙對其他女生說漂亮時，感覺有點煩悶。
「由今天看來，我覺得大輝學弟不是那種人呢。機會難得，早知道也問問他是不是有把圭當成女孩子來看了。」
「妳想做什麼可怕的事情啊。」

光是想像就毛骨悚然。

「我只是開個玩笑。話說回來，最後大輝學弟有送圭到家嗎？」

「……沒有。」

「咦？不過家裡沒有沒看過的雨傘，所以不是先到大輝學弟的家之後，他再把傘借妳回家的吧？」

所以為什麼偏偏就是這種時候觀察力那麼敏銳啦。

「半路雨停了，我就回來了。」

「怎麼回事？」

「一起回家的路上雨停了，我就一個人跑回家了。」

「Why？為什麼會變成這樣啊，Pretty Girl？」

「這也是沒辦法的吧。我今天遇到太多事，已經達到極限了啊！」

從沒有預期的相遇開始，今天和本堂度過一天對我來說實在太過充實。

「這個純真的少女！難得的機會妳不好好把握，到底打算怎麼樣？」

「誰是純真的少女啊！」

不過我也確實覺得自己沒有好好把握偶然得到的好機會。有點消沉，大概是察覺到這點，愛「碰」的一聲用手勾住我的肩膀。

「我多少說的有點嚴厲了，但能問到他對衣服的感想，拍大頭貼時主動靠近他，提議要一起撐傘，以圭來說已經相當努力了哦。」

「妳怎麼突然這麼說。」

「我是用讚美來養小孩的類型。」

「這還是第一次聽到。」

至今為止我很少有被愛教導的機會，所以不知道。

「是這樣嗎？不過我覺得圭只要用一直以來的步調努力就行了哦。」

「愛……」

「所以說接下來讓我詳細地問問一起撐傘的經過吧！」

「啊？」

愛的眼睛因為探究精神而閃閃發亮。

「呼啊……」

星期一，和平常一樣的時間到達學校的我打了個小哈欠。在那之後，愛追根究柢地讓我說明和本堂一起撐傘回家的一連串過程。最後說明完這件事時，時針已經過了十二點，起床時間較早的我和平常相比，感覺有點睡眠不足。

一邊抗拒睡意，一邊打開自己的鞋櫃。

「呃……！」

我忍不住發出聲音。那裡除了自己的鞋子之外，還放著另一樣東西。

※　※　※

「喂～大輝，你醒著嗎？」

「咦？嗯，我醒著哦。」

午休時間，我正在思考一些事情的時候，帶著便當盒的俊也對我說話。

「你怎麼在發呆啊？」

「我在回想前一天休假的事。」

「休假時發生了什麼事嗎？」

俊也邊說邊坐到我前面空著的今野同學的座位上。

「我去購物中心時偶然遇到了清水同學。」

「你遇到了清水同學？」

「對，她姊姊也在。」

「清水同學的姊姊，難道是清水愛學姊嗎？」

「俊也，你知道愛學姊嗎？」

「就算是我，也知道學生會副會長啊。而且愛學姊是那位清水同學的姊姊，還很可愛，是相當有名的人哦？」

原來如此啊。不太知道愛學姊的人似乎只有我而已。

「那你遇到她們後發生了什麼事？」

「愛學姊邀請我，和清水同學她們一起買東西了。」

「真是有趣的發展耶，大輝本來就認識愛學姊嗎？」

「不，那時是初次見面。不過愛學姊本來就知道我。」

可能是從清水同學那裡聽說的吧。

「是那樣嗎？話雖如此，會邀請初次見面的大輝和自己一起買東西，愛學姊的臨機應變力很強呢。」

「我也嚇了一跳哦。」

與愛學姊的距離縮短之迅速，確實連我都無法隱藏驚訝。

「那麼說要買東西，去買了什麼呢？」

「她們似乎是去買衣服的。」

「這麼一來，大輝有幫忙她們挑選衣服嗎？」

「我幾乎沒幫上忙，只是對試穿衣服的她們說出感想而已。」

雖然被要求說意見，但我沒有印象自己有說什麼有幫助的意見。

「幫忙挑選衣服不就是那樣嗎？」

「應該吧。」

「我也沒什麼幫女生挑選衣服的經驗，所以無法說得很肯定。那麼之後你們做了什麼？」

「我們到電子遊樂場玩了。之後愛學姊有事所以分開行動，我和清水同學直到半路都一起回家哦。」

直白地來說，這個說明應該有符合現實。

「哦～原來如此。那麼大輝在思考這個假日的什麼呢？」

「我對當時愛學姊說的話感到有些在意……」

「為什麼你會待在圭的身邊呢？」

那句提問不知為何至今仍然沒有從我的腦中離去。

正當我想著這些事情時，教室後側的門被人猛然打開。

「圭！」

我嚇了一跳，看往傳來聲音的教室後門，露出焦急神情的愛學姊站在那裡。

「俊也，我去看一下。」

「呃，哦，小心點哦。」

覺得不是小事的我，急忙朝著愛學姊走去。

「愛學姊，怎麼了嗎？」

「大輝學弟！幸好你在，我直接問了，圭在這裡嗎？」

「她不在。清水同學從午休開始後就不知道去了哪裡……」

「果然嗎……」

愛學姊一副愁眉苦臉的表情。

「清水同學怎麼了嗎？」

「之前我在家庭餐廳曾跟你提過圭被麻煩人物盯上了吧。那個人似乎從午休開始就不見蹤影。聽那個人的朋友說他有事要去辦。然後我有不祥的預感，就過來這裡看看，果然圭也不在。慢了一步嗎……」

「也就是說清水同學被那個人叫出去了是嗎？」

「就是那樣。當我知道他們都不在時，也只能這麼想了。我得去找圭了。」

愛學姊露出我之前也曾看過的認真表情。

「請等等我，我也要去找她。」

「不行啦，不能給大輝學弟添麻煩。」

「這不是添麻煩，我也很擔心清水同學，請讓我幫忙。」

我直視著愛學姊，經過幾秒的視線相對後，愛學姊大概是認輸了，難得地嘆口氣。

「大輝學弟比我想的還要固執呢。我知道了，不過你不要勉強哦。」

「我明白了。」

「啊，對了，要是你找到她，想請你聯絡我，告訴我聯絡方式吧。其他還有一個我的青梅竹馬也正在找人，我們創個群組，要是有什麼事就用群組聯絡吧。」
我和愛學姊交換聯絡方式後，便各自往不同的方向跑去。

※　※　※

「喂，有人在嗎？」
午休時間，我來到幾乎沒有人會來的有名的體育館後方。
「妳照約定前來了呢。」
我看向傳來聲音的地方，那裡站著一個高大的男生。他的外貌如果是我以外的女生來看，會覺得很好看。我看著他的臉，但是完全沒有印象。只是由他的態度看來，可能是同年級或是學長吧。不知為何一直露出充滿自信的笑容。
「什麼約定啊，竟然把這種東西放到我的鞋櫃裡。」
我把帶來的便條紙拿給那個男生看。那就是今天早上在鞋櫃裡發現的東西。紙上潦草地寫著希望我今天午休來體育館後方。看到這張便條紙，害得我今天早上的心情都很糟糕。
「妳還特地帶過來啦。既然看了，應該知道我要做什麼吧？」
「是啊。」
「妳能和我交往嗎？」

果然是這樣嗎？我在心中嘆氣。就是為了不變成這樣，上了高中之後才會改變自己的。

「我有事想問你。」

「什麼事？」

「為什麼你會向我告白？」

「那是因為我想和妳交往啊。」

那個男生像是想說「妳在問什麼理所當然的事啊」一般回答。

「所以為什麼會想要和我交往啊？」

「那是因為……看見變成黑髮的妳，我覺得很讚啊。」

這傢伙也是嗎？成為高中生之後，會接近我的男生結果還是只對外貌有興趣。

「那妳的回答是什麼？」

「我拒絕。」

「啊？」

那個男生像是在說不可置信一樣。到剛才為止掛在臉上的膚淺笑容消失了。

「我當然不會接受連名字都不知道的傢伙的告白啊。既然只憑外表就能喜歡上對方，那你去找其他長相和我相似的人吧。」

我在心中附加一句：「除了我姊姊愛以外啦。」

「妳可以不用那麼生氣，先冷靜下來吧。」

「我的心情確實不好，但很冷靜。我是以此為前提拒絕的。」

「如果妳現在冷靜就聽我說嘛。確實我們還不太了解彼此，要了解彼此，可以等交往之後再說也不遲吧？」

「不，在了解彼此之後，變得稍微喜歡對方再告白，然後交往才是正常的吧？你把直到交往的順序倒過來了。」

「呵！」

男生嗤之以鼻。和剛剛的笑容不同，這次他看起來是在嘲笑我。

「有什麼好笑的？」

「不，妳比我想像的還要單純呢。」

「什……！」

「就算現在還不喜歡，之後可能會變得喜歡也行吧？和我交往嘛，對妳不會有壞處的。」

這傢伙很咄咄逼人耶，而且總給我一種他很習慣這麼說的感覺。說不定這個男生對其他女生也是像這樣追求人家。感覺被麻煩的傢伙給盯上了。

「我的心意依然沒變，就算交往也不可能喜歡你，而且我根本不可能和你交往。」

「嗯～真傷腦筋啊。那從朋友做起如何呢？」

「你真纏人。我拒絕那種顯然別有用心的朋友，那麼要是事情說完，我要回去了。」

那個男生在微微顫抖，直至剛才的游刃有餘從他臉上消失了。

「我只是客氣一點，妳就得了便宜還賣乖啊！」

那個男生馬上就暴怒了，事態變得十分糟糕。畢竟這個體育館後方很少有人過來。我沒有跟別人說過要過來，沒人知道我在這裡。也就是說，就算在這裡遇到什麼事，也不能期待會有人來救我。

「那就是你的本性嗎？露出真面目了呢。」

我試著表現得游刃有餘，但沒有打破現狀的辦法。我平常有在運動，可能多少能夠做些抵抗，然而那也抵不過男女之間的體格差異吧。那個男生步步朝我逼近，我想著已經不行了，忍不住閉上眼睛。

「等一下！」

我和那個男生看向傳來聲音的地方，那裡站著本來不可能出現在這裡的本堂。

「……又要受你幫助了嗎？」

我用其他人聽不到的聲音低聲說道。

「喂，你是誰啊？」

「……呼……呼……抱歉，能稍微等我緩一下嗎？」

剛剛的氣勢不知去哪裡了，本堂不知為何一副氣喘吁吁的樣子。

※　※　※

「……只等一下哦。」

總算是得到許可。直到剛剛為止我都在全力奔跑，所以非常感謝。等我重新調整好呼吸，不知不覺間清水同學已經來到我的身邊。

「喂，為什麼你會在這裡啊？」

清水同學放低聲量，輕聲問我。

「總之有很多原因。」

其實我也希望能稍微詳細解釋，但是感覺沒有那種時間。我也想跟愛學姊報告一下。

「差不多該說了吧，你到底是誰？」

大概是等不及了，直到剛才都還在跟清水同學說話的男生對我問道。

「抱歉讓你久等了，我是二年級的本堂大輝。」

「感謝你的多禮，學弟。那麼本堂學弟來這種地方做什麼呢？」

學長的說話方式突然變了，那樣反而讓人覺得不舒服。我來到這裡後，人數方面是我方有利，我也想要相信學長不會做出粗暴的行為……

「我來找清水同學。」

我直截了當地告知目的。學長雖然笑容可掬，但是眼裡沒有笑意。

「那麼你的目的似乎達成了。然後她和我說話才說到一半，你可以離開了。」

「我和你要講的事情已經說完了吧，我要回教室了。」

「真冷淡呢。如果我們再稍微聊聊，妳會改變心意的。」

學長的眼中已沒有我的存在，只是看著清水同學。

「不可能會改變的，像你一樣只看外表的傢伙，就算拜託我也不要。」

她的口氣有點糟糕，但在聽說過清水同學中學時代的事情後，我也能理解她想這麼說的心情。當我一個人想通的時候，聽到咬牙切齒的聲音。

「還以為妳的個性變圓融了，才會特地來讓妳和我交往的，那是什麼態度啊！」

我將視線轉向突然聲色俱厲的學長，從他的表情中只能看到憤怒的情緒。

「學長請你冷靜。」

「不相干的人讓開！妳本來除了臉以外就沒有其他優點，還敢多要求些什麼啊！別得意忘形了！」

學長完全不打算控制情緒，暢所欲言。我不禁感到在意，於是看向清水同學。只見她露出我從來沒見過的悲傷表情。腦中的某根筋啪地斷掉了。

「……請你修正。」

我發出連自己都感到驚訝的低沉聲音。

「啊？」

「我說請你修正。」

「修正什麼啊？」

學長怒氣洶洶地瞪著我，但我不覺得可怕。

「修正你說清水同學除了臉以外沒有其他優點的這句話。」

「這是事實啊。」

「不對，只是學長不知道而已，清水同學有很多優點。」

「什、什麼啦。」

「清水同學在烹飪實習課人手不夠時，率先幫助了我。在我沒辦法買午餐而感到困擾時，把自己做的便當分給我，她是位溫柔的人。」

「本堂……」

清水同學像是想說什麼，但是我想說的話還有很多沒有說出來。

「而且她很擅長傾聽，和她聊天總是很開心，還有就算不說話，光是待在一起也……」

「喂，我已經知道了，你夠了。」

清水同學打斷我的話。她的表情和剛剛不同，看起來很焦急。她的表情變得不再悲傷，這讓我鬆了一口氣。只是也不能就此住嘴。

「還不夠啊，我還沒把清水同學的優點完全傳達出來。確實就像學長說的一樣，我也覺得清水同學的外表很優秀，但那只是清水同學魅力的一小部分而已……」
「我就說夠了！」
「嗚咕！」
清水同學從正面用手把我的嘴堵住，她的手使出超乎我想像的力氣，所以無法掙脫。經過拚命抵抗終於掙脫之後，我和清水同學都氣喘吁吁。
「呼……呼……清水同學，妳突然在做什麼啊。」
「……呼……呼，都怪你說些令人害羞的話吧！」
「我說的全部都是實話，所以不會害羞啊。」
「很害羞啊！你要替聽的人著想！」
「你們在打情罵俏什麼啦。」
我轉頭面向發出聲音的出處，學長不知為何露出傻眼的表情。從他的表情中已經看不見剛剛的憤怒情緒。
「啊，很抱歉，那麼我們繼續吧。」
「不需要，我已經聽到很煩了。喂，可以問你一個問題嗎？」
「什麼問題呢？」
「從你來這裡的時候我就很在意，你和那傢伙是什麼關係啊？」
「對我來說，清水同學是我放不下的人。」

「放不下的人？」
學長似乎不能理解。應該是我說得太過直白，所以無法傳達給他吧。
「是的，她明明很溫柔卻又笨拙，所以我的眼睛離不開她。大概只要和清水同學在一起，我就會忍不住想看著她。」
「本堂你在、在說什麼……」
清水同學不知為何似乎感到動搖。我沒有說什麼特別的話啊。
「……原來如此啊，唉……」
學長嘆了口氣，轉身背對我和清水同學。
「學長？」
「我放棄，要回去了。我又不是為了聽別人放閃才來這裡的。」
「放閃？」
他在說什麼啊？可能是我沒有好好傳達出想說的話。
「喂，等一下。不要在現在這種狀況留我和這傢伙兩人獨處。」
「清水同學？」
我來的時候她看起來明明很想離開學長的，這到底是什麼心態上的變化呢？
「真討厭，我可是剛被甩耶，你們就尷尬地兩人獨處，盡情苦惱吧。還有那個……我說得太過分了，剛剛是我不好。」

如此說道的學長獨自往校舍方向走去。

「不要自顧自地說完想說的話就回去啦！」

清水同學的叫聲除了現場的三個人之外，沒有其他人聽到。

「我們也回教室吧。」

學長不在之後又經過幾分鐘，我和清水同學依然待在體育館後方。

「你說出那種話，怎麼還有辦法像平常一樣啦！應該問為什麼你會知道我在這裡？」

清水同學所謂那種話到底是指什麼呢？我不清楚，但後半段的問題我有辦法回答。

「老實說，我不知道妳在這裡哦。不過假如要告白，應該會挑別人不會去的地方，所以我照順序去學校裡罕有人跡的地方尋找。然後來到附近時聽見叫喊聲，想著或許是清水同學就過來這裡，於是就找到妳了。」

「……我沒跟你說過告白的事吧？」

「我聽愛學姊說的。她非常擔心妳哦。」

我向愛學姊報告找到清水同學，而且她平安無事。訊息立刻已讀，愛學姊也回訊息表示她放心了。

「是愛……那我明白了，不過為什麼你會來找我呢，在教室等也行吧？」

「因為我擔心啊。」

「擔心什麼？」

「我想著清水同學說不定有危險。」

雖然我只聽到一部分愛學姊說的話，但已經完全了解到清水同學可能陷入危機。

「那種事放著不管就好了吧。就算出了什麼事也是我的責任。」

「我怎麼可能放著不管啊。」

「為什麼？」

為什麼她要問這麼理所當然的事呢？

感覺我必須當場將我的心意好好傳達給清水同學才行。

「我可能比清水同學所想的更加珍惜清水同學。妳要是受傷了，我想我絕對會後悔。」

「什……！」

清水同學的臉與方才相比明顯變紅了。

「你、你真的突然說些什麼啦！」

「問我說什麼，我在說清水同學是重要的人……」

「就是那個！重要的人是什麼意思啦！」

清水同學不知為何情緒激動。

「被學長問了之後，我重新思考我們之間到底是什麼關係。我們是同班同學，卻又不僅僅是那層關係，不過我想清水同學可能也不覺得我們是朋友。那麼我是怎麼想清水同學的呢？思考之後，覺得『重要的人』這個詞很適合。」

即使我回答完畢，清水同學依然沒有回應。

「那個……清水同學？」

「那是以異性來說……」

清水同學的聲音很小，我聽不清楚。只是她看起來有點洩氣。

「抱歉，妳可以再說一次嗎？」

「我剛剛是在自言自語，你無須在意。」

「呃。好，我知道了。」

老實說我很在意，但清水同學的心情肉眼可見地頓時變得消沉，讓我有點難以開口。

「你為什麼會來這裡的理由我已經知道了。話說回來，早知道會變成這樣，我就不把髮色染回來了。」

清水同學自嘲地笑了。

「是因為討厭被告白，清水同學之前才把頭髮染成金色嗎？」

「這麼說來，我之前沒提過嗎？」

「對，要是妳不想說也可以不說。」

清水同學做出稍微思考的動作。

「如果是你就可以說吧。你可能會覺得意外，我到中學為止都相當受歡迎哦。」

「清水同學很漂亮，和妳在一起很開心，所以我並不意外。」

我之前也從愛學姊那裡聽到一些事，所以幾乎沒有感到衝擊。

「……不要打岔。」

我被清水同學瞪了，卻沒感受到平常的可怕。

可能和她的臉變得通紅也有關係。感覺與其說是生氣，不如說有點害羞。

「算了，所以我每次都會問對方告白的理由，大家都一致說是一見鍾情或是喜歡外貌。那不就是只憑外貌判斷我這個人嗎？」

如此說道的清水同學露出難以言喻的表情。

「清水同學……」

「所以我可不想到了高中還被那種只靠外表來判斷的傢伙告白，才把髮色染成金色。」

「清水同學以前的髮色不是金色嗎？」

衝擊性的表白讓我隱藏不住驚訝。

「不是，我到中學為止都是黑色。」

我想像中學時期的清水同學。清水同學穿著我就讀的中學制服的樣子莫名似曾相識。

「咦？」

「怎麼了嗎？」

穿著我中學制服的清水同學，不知為何感覺好像在哪裡見過。

「清水同學和我是同一所中學嗎？」

「這個問題很突然耶，我之前有說過吧。」

「原來是這樣啊。」

她之前好像有說過，又好像沒有說過，老實說我不記得。

「所以才會這樣嗎？感覺我好像在中學時遇過清水同學。」

「你想起來了嗎！」

清水同學猛然抓住我的肩膀，將自己的臉靠過來。

「等等啊，清水同學靠太近了！妳說的想起來是想起什麼？」

一聽到我的話，清水同學的手離開我的肩膀。

「不，你不知道也沒關係。既然我們是同一所中學，也有可能在學校的哪裡見過吧。」

如此說道的清水同學表情莫名有些寂寞。我說不上來，但不希望她露出那種表情。

我用兩手拍拍自己的臉。

「你在做什麼啊？」

清水同學訝異地看向我。

我讓腦袋全速運轉，回溯記憶。和現在的外貌和氣質多少有些不同，假如我以前曾見過清水同學，應該不可能完全忘記。

「為、為什麼你要用那麼認真的眼神看著我啦！」

「啊，抱歉。」
我剛剛似乎無意識地凝視著清水同學的臉。
「話說回來，你要擔心我也沒有關係，但要是一個不小心，連你都會有危險的。」
「哈哈哈，這句話之前好像也有誰對我說過……」
「要是一個不小心連你都會有危險。」
我的腦中響起不知在哪天聽過的聲音。
對了，之前也有過像今天的清水同學一樣，某人為我感到擔心的記憶。那是什麼時候的事呢，確實好像是中學的時候……
「本堂？」
對了，那是中學三年級的時候，往昔記憶如今鮮明地回想起來。
「喂，本堂，你沒在聽我說話嗎？」
我回過神來，太過投入於回想，似乎沒聽到清水同學的聲音。
「抱歉，稍微想了一點事情。然後關於這點，我和清水同學會不會是在中學三年級時曾經遇過呢？」
「你回想起那時的事了嗎？」
「其實是剛剛才回想起來的。」
我在中學第一次遇到清水同學時，她的說話方式與氣質和現在不同，雖然我們在一起一年以上，老實說我完全沒發現。可能和之前她的髮色不同也有關係吧。

「……你發現得太慢了啦。」

「即使如此，為什麼妳不跟我說我們曾在中學時見過面呢？清水同學還記得我吧？」

「因為很羞恥嘛……」

「羞恥？」

她為什麼會說羞恥呢？就算我回想起來，我覺得中學時期的清水同學的外表和個性也沒有改變得那麼多。

「受到本堂幫助的事，只有我至今還記得，感覺有點像是只有我一廂情願地在意著你不是嗎……」

「我覺得沒那回事哦，而且妳說我幫助過妳，當時其實也不是什麼大事……」

「沒那回事！」

清水同學有如喊叫一般大聲說話。

「沒那回事，不論是當時或是這次，你都幫助了我。中學時也是，要是你沒來，可能會演變成嚴重的事態。當時我沒能說出口……那個……」

下一句話她沒說出口。我打算等到清水同學說出來為止，然而那個時刻比我所想的還要更早到來。

「……謝謝。」

不是很大聲，但我清楚聽見了。

這句簡單的感謝話語讓我的內心產生了驚人的動搖。這種心情是什麼呢？我難以言喻地心癢難耐。這可能是至今為止從來不曾萌生的全新情感。

「……你說點什麼啦。」

在我整理自己的心情時，時間似乎過得比我想的還久。

清水同學不安地盯著我，即使笨拙，我也得將自己的心情趕緊說出來才行。

「太好了。」

「什麼太好了？」

「能夠幫上清水同學的忙。我至今為止所做的事都是為了自我滿足，所以不太會去在意對方是怎麼想。不過如果我至今為止所做的事能幫上妳一點忙就好了。謝謝妳，清水同學。」

「呵呵，為什麼連你都要對我說謝謝啊。」

清水同學讓我看見她柔和的微笑，這說不定是我第一次見到清水同學的笑容。

「清水同學該不會很可愛吧？」

「什、什麼啦這麼突然，而且為什麼要加問號啦！」

我說出連自己都不知道為什麼會這麼說的話語。我到底是怎麼了？

剛剛的笑容不知去了哪裡，不知是出自怒意還是害羞，清水同學的臉變得通紅。

「清水同學，稍微冷靜一點。」

「我哪有辦法冷靜呀！突然說我可愛，你是在捉弄我嗎！」

「我不是在捉弄妳，只是該說心裡想的事不小心說溜嘴了嗎……總之這種時候我不是開玩笑說妳可愛哦！」

「唔……那、那麼，你是認真在說我可愛嗎？」

「是啊，我是認真覺得清水同學很可愛，才說妳可愛的。」

「什……！」

事已至此不能再退縮了。必須讓她相信我是抱著一定的覺悟才說她可愛的。

清水同學一直盯著我，臉上依然染著紅暈。

「……既然你都說到這個地步，我明白了。」

「幸好妳能明白呢。」

「既然我都明白了，這個話題就到此為止吧。」

「嗯。」

為何事情會演變成這樣我不是很明白，但我們的爭吵順利結束了。

「好了，差不多該回教室了吧。」

「是啊。」

來到體育館後方經過多少時間呢？感覺在這裡待了很久，說不定俊也有點擔心我呢。

當我打算回去的時候，想到一個還沒問過的疑問。

「這麼說起來，我有一件事一直很在意，可以問妳嗎？」

「什麼事啊？」

「我知道妳染成金髮的理由了，那麼妳為什麼會染回黑髮呢？」

她把頭髮染成黑色時我也有問過一次，記得當時沒有得到回答。不過如果是現在，清水同學應該會願意把理由告訴我吧。

「那是因為……」

「那是因為？」

我屏息以待，果然把頭髮染回黑色也有含意嗎？

「……到時候再說。」

「妳說到時候，究竟什麼時候才能跟我說呢？」

「到、到時候就是到時候！」

如此說道的清水同學以驚人的氣勢跑走了。

「咦，等等我啊，清水同學！」

我追著先走一步的清水同學的背影，直到跑回教室為止。

# 後記

感謝您本次拿起這本書。我是作者底花。那麼該從何處寫起呢？從後記的第二行開始已經在煩惱了，說不定是出於緊張的關係。我想首先稍微介紹一下自己。

在地底開的花——底花，喜歡的動物是貓頭鷹……關於這樣的我到底是什麼樣的人呢，以前是偶爾會在小說投稿網站「成為小說家吧」寫點短篇戀愛喜劇的生物。為何會寫短篇戀愛喜劇來投稿呢，到了今天我已記不太清楚了。只是因為能得到來自讀者的感想非常開心，所以才想著要再寫點什麼，這件事至今仍留在記憶裡。

這樣的我隨著心情時而寫點短篇戀愛喜劇，時而不寫，卻在某天迎來轉機，收到了一封電子郵件。那封郵件簡單來說就是：您的作品很棒呢！能夠問一些問題嗎？像是這樣的內容。說到那部作品，就是本作的原型短篇戀愛喜劇〈我和朋友說喜歡清純的人，隔天鄰座的不良少女清水同學把頭髮染黑了〉。

感覺緊張稍微得到緩解。經過種種事情後，我和寄件者談過了，那場談話是問我要不要將我所寫的短篇出書。出書……出書……出書！實際被這麼問時，受到了不小的衝擊。

其實在有生之年就算出一本書也好，是我的巨大野心。這次的提議是能讓那個野心實現的唯一機會了，決定接受提議。

在那之後日子一晃眼就過了。然後等到發現時已經寫完本文，正在寫這篇後記。

寫到這裡，緊張感終於獲得解除。本作是我第一次寫的書，經過透徹的深思熟慮而成。非常開心您能將這樣的本作拿在手中閱讀。

來到最後了，從一開始就一直支持著我的責任編輯大人，幫忙畫非常棒的清水同學、大輝和愛的插圖的ハム老師，幫忙畫出色的介紹漫畫的矢野トシノリ老師，還有閱讀到這裡的各位讀者們，真的非常感謝。那麼，期待有緣於某處再相見了。

鄰座的不良少女
清水同學染黑了頭髮

## 不時輕聲地以俄語遮羞的鄰座艾莉同學 1~5 待續

Kadokawa Fantastic Novels

作者：燦燦SUN　插畫：ももこ

**政近得知瑪利亞是初戀對象，兩人再續前緣!?**
**艾莉主動接近班上男生令政近心亂如麻！**

「……是我喔，阿薩。」得知瑪利亞就是初戀對象的政近，至今對她懷抱的情感在內心迴盪。此外，暑假過後的第二學期，政近努力輔助艾莉，然而艾莉主動接近班上同學的模樣令他心亂如麻。「難道說……你吃醋了？」驚濤駭浪的校慶篇開幕！

各 **NT$200~260/HK$67~87**

# 青春豬頭少年不會夢到聖誕服女郎

Kadokawa Fantastic Novels

作者：鴨志田 一　插畫：溝口ケージ

**包含咲太在內，許多年輕人都夢見了**
**櫻島麻衣在音樂節自稱是「霧島透子」？**

「麻衣小姐由我來保護。」

「那麼，咲太就由我來保護。」

只有咲太看得見的迷你裙聖誕女郎究竟是什麼人？逼近真相的青春豬頭少年系列第十三集。

各 **NT$200~260/HK$65~83**

國家圖書館出版品預行編目資料

鄰座的不良少女清水同學染黑了頭髮 / 底花作；
Cato 譯. -- 初版. -- 臺北市：臺灣角川股份有限公
司, 2024.01-
冊； 公分. -- (Kadokawa fantastic novels)
譯自：隣の席のヤンキー清水さんが髪を黒く染めてきた
ISBN 978-626-378-419-2(第1冊：平裝)

861.57 112019586

Kadokawa
Fantastic
Novels

# 鄰座的不良少女清水同學染黑了頭髮 1

（原著名：隣の席のヤンキー清水さんが髪を黒く染めてきた1）

2024年2月5日 初版第1刷發行
2024年5月30日 初版第2刷發行

作者：底花
插畫：ハム
譯者：Cato

發行人：台灣角川股份有限公司
總監：呂慧君
總編輯：蔡佩芬
主編：林秀儒
編輯：楊芫青
設計指導：陳晞叡
美術設計：李思穎
印務：李明修（主任）、張加恩（主任）、張凱棋、潘尚琪

發行所：台灣角川股份有限公司
地址：104台北市中山區松江路223號3樓
電話：（02）2515-3000
傳真：（02）2515-0033
網址：www.kadokawa.com.tw
劃撥帳戶：台灣角川股份有限公司
劃撥帳號：19487412
法律顧問：有澤法律事務所
製版：巨茂科技印刷有限公司
ISBN：978-626-378-419-2



---